AF139471

Frank Nüsken

Der Hörnichtgut

Einsam unter Freunden

Eine Hörbiografie

gedacht heißt noch nicht gesagt
gesagt heißt noch nicht gehört
gehört heißt noch nicht verstanden
verstanden heißt noch nicht einverstanden
einverstanden heißt noch nicht umgesetzt

Bibliografische Information der Deutschen Nationalbibliothek:
Die Deutsche Nationalbibliothek verzeichnet diese Publikation
in der Deutschen Nationalbibliografie, detaillierte bibliografische
Daten sind im Internet über dnb.dnb.de abrufbar

TWENTYSIX – Der Self-Publishing-Verlag
Eine Kooperation zwischen der Verlagsgruppe Random-House und
BoD – Books on Demand

Herstellung und Verlag:
BoD – Books on Demand, Norderstedt

ISBN 9783740745400

HNO Klinik

Der Bettenaufzug ratterte, stieß rechts und links an die Führungsschienen der Schachtwände. Aufmunternd lächelte mir die Krankenschwester zu. Sie sagte auch etwas, leider konnte ich sie nicht verstehen. In der zweiten Etage waren die Operationssäle untergebracht. Dort angekommen, schob sie mich samt Bett aus dem Aufzug hinaus und hinein in einen Operationsvorraum. Neben einem großen Tisch wurde mein Bett auf gleiche Höhe gepumpt, „bitte rutschen Sie hier rüber" forderte mich freundlich eine laute männliche Stimme auf „und anschließend bitte gleich weiter auf den schmalen Tisch. „Ist das der OP Tisch?" war meine Frage auf die ich sofort die Bestätigung erhielt. „Der ist aber schmal" dachte ich, vielleicht sprach ich es auch aus. Kaum begriff ich das und dachte noch nach, ob der Tisch fahrbar wäre, da standen vier Personen neben mir und stellten sich der Reihe nach bei mir vor – vielleicht gaben Sie mir sogar die Hand – da bin ich mir aber nicht so sicher. Etwas grotesk fand ich das, denn ohne Hörgeräte konnte ich weder Namen noch Funktionen dieser Personen verstehen. Es waren vermutlich die wichtigsten Menschen bei der Operation. Diese Vorstellungsrunde empfand ich militärisch, zackig – und das, ohne selbst jemals beim Militär gewesen zu sein. Noch schmunzelte ich bei diesem Gedanken, da wurde mir eine Maske sanft aufs Gesicht gedrückt. Beim Anblick der grünen Kleidung dachte ich noch „grün ist die Hoffnung." Nach nur wenigen Sekunden, stellte mir eine der Personen eine Frage. Diese Frage verstand ich wohl nicht, gab aber zur Antwort: „ich merke noch nichts..." das war's dann aber auch schon.

Am Tag vor meiner Operation wurde ich in die Klinik aufgenommen. Die Prozedur des Eincheckens mit Blutentnahme und EKG dauerte etwa neunzig Minuten. Der Termin stand seit Wochen fest. Am Folgetag sollte mir ein Cochlea Implantat operativ eingesetzt werden. Eine Operation am Kopf, meine erste Operation überhaupt, meine erste Vollnarkose.

Nach einer mäßigen mondhellen Nacht – es musste wohl bald Vollmond sein – im ungewohnten Bett wurde ich durch rege Betriebsamkeit im Zimmer geweckt. Ein heller Morgen, etwa viertel vor acht. Ein Krankenpfleger klopfte an die Badezimmertür und rief nach Fritz. Der erschien in der Unterhose und erhielt die Anweisungen sich noch an bestimmten Stellen zu rasieren. „Machen Sie sich dann fertig! keine Kleidung mit Ausnahme der Unterhose! Bitte das OP Hemd anziehen und die Strümpfe." Fritz machte sich fertig, wie gewünscht „und packen Sie Ihre Sachen noch zusammen, die bringen wir dann runter" rief der Pfleger noch in einer Drehung beim Verlassen des Zimmers meinem Zimmernachbarn Fritz zu. Er hatte seinen Operationstermin noch vor mir. Kurz darauf war alles gepackt, Fritz legte sich in sein Bett und wartete.

Meine Blase machte sich längst bemerkbar, musste aber noch warten, das ging jetzt nicht. Rasch verabschiedete ich mich von Fritz und wünschte ihm alles Gute für seine Operation und für die Zukunft. Da kam schon der Pfleger und holte ihn samt Bett ab.

Jetzt konnte ich endlich die Toilette aufsuchen. Inzwischen war ich richtig wach. Meine Operation erwartete ich so gegen zehn Uhr. Meine Gedanken schweiften zurück zum Vortag und zu Fritz.

Anfangs hatte ich das Zweibettzimmer für mich allein. In aller Ruhe nahm ich Zimmer, Bett und den mir zugewiesenen Schrank in Besitz, packte meine Reisetasche aus und besichtigte das Bad. Ganz wichtig war mir ein Internetzugang. Den gab es glücklicherweise als Wireless Lan. Somit war ich erst einmal damit beschäftigt, die Internet Verbindung einzurichten. Ich hatte mir vorgenommen, hier in der Klinik zu schreiben, deshalb stand Laptop und Internet für mich an erster Stelle. So gelang es mir, mich abzulenken und mich nur indirekt, durch Schreiben, mit mir selbst zu beschäftigen. In den letzten Monaten hatte ich meine Freude am Schreiben entdeckt. Mein Ziel war es, über die Entwicklung meiner Schwerhörigkeit zu schreiben und über das was mir unmittelbar bevorstand, das neue Hören mit einem Cochlea Implantat. Wenn ich an meinem PC sitze und meine Gedanken in die Tasten tippe, verschwindet die Welt um mich herum.

Die Welt kam mit dem Einzug eines Mitbewohners unmittelbar zurück und riss mich aus meiner Versunkenheit. Fritz, mein neuer Zimmernachbar, hatte zwei Tumore im Hals und sah schlecht oder mitgenommen aus. Er verfügte bereits über Erfahrungen mit Operationen. Fritz sollte am gleichen Tag wie ich operiert werden, noch vor mir. Wir kamen ins Gespräch.

Fritz unterlag starken Stimmungsschwankungen. Er freute sich darüber, dass die beiden Tumore, die er lange nicht bemerkt hatte, möglichst schnell entfernt werden. Andererseits plagten ihn Ängste. KREBS. „Das ist doch immer noch eine Schreckensbotschaft". Der Arzt hatte ihm Hoffnung gemacht, dass das gut zu operieren sei. „Der Professor und seine Mitarbeiter haben sich genau überlegt, wie sie vorgehen wollen" meinte Fritz. „Zusätzlich soll ich einen

Behälter für eine dosierte Zufuhr von Chemotherapie Medikamenten implantiert bekommen. Für mich ist es wichtig, dass ich etwas loswerde, was da nicht hingehört", meinte er „für Sie ist es umgekehrt sie bekommen etwas, was Sie nicht mehr haben." Das klang sehr logisch. „Für Sie ist es lebenswichtig, dass Sie diese Tumore loswerden, restlos. Ich kann auch ohne Cochlea Implantat weiterleben." relativierte ich seine Aussage.

An diesem Punkt wurde mir bewusst, dass es andere Ängste gibt als einfach nur die vor einer Operation. Ich sah da große Unterschiede zwischen uns. Fast kam ich mir vor, als lasse ich eine Luxusoperation an mir vornehmen. Das ist natürlich übertrieben. Ich werde danach aller Voraussicht nach, wieder besser bis gut hören können. Fritz sah den Vergleich nicht so krass wie ich ihn empfand.

Wir aßen gemeinsam zu Abend, dabei saßen wir uns am kleinen Tisch gegenüber. Mein Gesprächspartner öffnete sich ein wenig. Er ist achtundfünfzig Jahre alt, grüner Beamter, wie er sich ausdrückte. „Das sind Beamte im Polizeidienst oder im Strafvollzug." Ich wollte nicht konkret nachfragen, da er so ausweichend berichtete. „Ich habe im Laufe meines Lebens in meinem Dienst genug geleistet, ich gehe nicht mehr arbeiten – wenn ich das hinter mir habe." Damit warf er wohl in einem Satz einen Blick zurück und einen auch voraus in die Zukunft.

Wir sprachen über Enkel „schon für meinen Enkel muss ich weiterleben" und über sein Urlaubsland. Seit vielen Jahren reiste er an einen Ort in Südosteuropa. „Da habe ich schon Freunde – Einheimische aber auch Deutsche."

Sein Blick richtete sich jetzt eindeutig in die Zukunft, eine Zukunft nach der Krebsoperation. Er hatte also Perspektiven.

Später am Abend schaute jeder, mit Kopfhörern bestückt, in sein Fernsehgerät. Zwischendurch redeten wir wenig. Dabei teilte ich ihm meine Gedanken mit. „Schreiben Sie doch heute noch alles auf, was Sie sich für die Zukunft noch vornehmen, was Sie alles noch in Ihrem Leben machen wollen. Das verankert sich in Ihrem Gehirn. Ich glaube das es auch wirkt."

Er berichtete noch über seine Erfahrungen und der gefühlten Harmlosigkeit der Anästhesie: „Sie schlafen ganz schnell ein und wachen wieder auf, wenn alles vorbei ist." Das hatte mich dann auch ruhig werden oder bleiben lassen, zumindest bildete ich mir das ein.

„Morgen bin ich sehr früh dran mit meiner OP", klärte er mich auf, „das Zimmer verlasse ich, ich verbringe ein paar Tage im Beobachtungsraum."

Später sah ich ihn schreiben.

Nach einem ruhigen Frühstück riss mich um neun Uhr eine Schwester aus meinen Gedanken zu Fritz. „Machen Sie sich bitte für die Operation fertig. Ausziehen bis auf die Unterhose, die engen Strümpfe anziehen, und das Operationshemd – vorne geschlossen und hinten offen" und „Ach ja, kein Metall am Körper, keine Brille kein Hörgerät und keine Zahnprothese." „Kann ich meine Sachen im Zimmer lassen?" wollte ich wissen. Diese Frage bedurfte noch einer Klärung. Schließlich erhielt ich die Information: „ Sie können Ihre Sachen hier lassen. Nach der Implantation kommen Sie wieder zu uns zurück – ist doch schön bei uns".

„Klopf auf Holz" dachte ich und klopfe an meinen Kopf, „solange der noch unbeschädigt ist."

Wodurch ich nach der OP wach wurde, kann ich nicht sagen. Da aber Menschen bei mir am Bett standen, vermutete ich, geweckt worden zu sein. Es war ein sonniger und windiger Tag. Das erste was ich deutlich wahrnahm, waren die sich im Wind wiegenden Bäume draußen vor dem Gebäude. Ich erkannte sie wieder, es waren die gleichen Bäume, deren Wipfel ich von meinem Zimmer aus, oben im sechsten Stockwerk, sehen konnte.

Die Menschen um mich versuchten mich zum sprechen zu bringen, was mir ohne Weiteres gelang. Am Kopf ertastete ich einen dicken Verband, außerdem entdeckte ich die Infusionsnadel an meiner Hand und den damit verbundenen Schlauch.

Schon ging es wieder per Aufzug nach oben, der ratterte genauso wie bei der Talfahrt. Das hörte ich auch ohne Hörtechnik gut. In der sechsten Etage angekommen, wurden mein Bett und der Ständer mit dem Infusionstropf an die alte Stelle in meinem Zimmer geschoben. „Wenn das durchgelaufen ist, klingeln Sie bitte."
Wieder allein im Zimmer war mein erster Gedanke, ein Foto meines Kopfes zu machen. Das Smartphone hatte ich mir vorher schon zurechtgelegt. Das Selfie gelang. Mein Gehirn funktionierte noch – oder wieder. Ich war erleichtert.

Seit ungefähr vierzehn Uhr befand ich mich wieder in meinem Zimmer. Die Infusion war durchgelaufen und ich klingelte, um nicht mehr „angebunden" zu sein. „Kann ich schon aufstehen?" fragte ich vorsichtig. „Wenn Sie wollen, probieren Sie es mal", erhielt ich als Antwort und folgte dieser Aufforderung umgehend. Prima, es ging – ich ging – noch ein ganz klein wenig wackelig, aber das verdrängte ich. Ich wollte mich bewegen.

Jetzt setzte ich noch mein Hörgerät ans rechte Ohr und das Cross Hörgerät, das ich bisher am linken Ohr trug, befestigte ich irgendwo am Verband. Es muss ja nicht am Ohr sitzen, es funkt lediglich ans rechte Hörgerät. Schon klappte auch das Verstehen wieder besser – so wie bisher.

An diesem Nachmittag ging ich gefühlte hundert Mal mit meiner Tasse zum Aufenthaltsraum, in dem die Getränke bereit stehen, Kaffee und Wasser zum abpumpen, Tee in Kannen. Nach dem zweiten Mal gehen fühlte ich mich wieder im Normalzustand. „Sie wollen wohl heute noch einen Kilometer Rekord aufstellen" scherzte ein Pfleger, dem ich innerhalb kurzer Zeit mehrmals begegnete. Ich folgte dem dringenden Bedürfnis, mich zu bewegen.

Die Wunde, vielleicht war es auch das Implantat, spürte ich nur, wenn ich meinen Kopf in eine bestimmte Richtung drehte. Ein leichtes Ziehen lokalisierte ich hinter meinem linken Ohr. Keine Schmerzen – das gefiel mir.

Die Tür schwang weit auf, ein leeres Bett wurde von einem Pfleger herein geschoben, mein neuer Mitbewohner kam zu Fuß hinterher. Ich nenne ihn Holger. Holger klagte ein wenig. Ihm wurde kurzfristig eine Gewebeprobe im Hals entnommen, noch bevor ihm ein Zimmer zugeteilt wurde. Die Gewebeprobe war positiv. „Der zweite mit Hals" dachte ich. Fritz, mein erster Zimmernachbar, wurde heute früh auch am Hals operiert. Vielleicht steht deshalb bei der Bezeichnung HNO das H, also der Hals ganz vorne.

Jetzt war Holger mein neuer Zimmernachbar. Holger zeigte sich sehr schockiert über die soeben erhaltene Diagnose. Zunächst konnte er kaum sprechen. „Ich soll noch für weitere Untersuchungen in der Klinik bleiben" krächzte er mühsam. „Ich darf noch nicht viel sprechen." Holger ist über 60 Jahre alt. Jetzt ging es darum, hier in der Klinik herauszufinden, ob der Tumor im Hals in andere Körperregionen gestreut hat.

Nur kurz erzählte ich über mich, bekam aber rasch den Eindruck, dass ihn das zu diesem Zeitpunkt nicht interessierte. Das leuchtete mir ein. Erneut kam ich mir vor wie ein Glückspatient. Holger versuchte immer wieder zu schlafen, „sich weg schlafen" dachte ich mir, „die Flucht in den Schlaf". Er sollte ja auch noch nicht viel sprechen.

Seine Frau kam und brachte Leben ins Zimmer. Mir vermittelte sie den Eindruck, Holgers Managerin zu sein. Sie erzählte seine kurze Leidensgeschichte und beklagte sich über die Unfähigkeit bisheriger Ärzte, die Holger aufgesucht hatte.
„Alles wird jetzt gut" bekräftigte sie ihrem Mann gegenüber mehrfach. Diese Beteuerungen „alles wird jetzt gut" wirkten auf mich ein bisschen zu viel, wie eine Beschwörung, um selbst daran zu glauben. Mein Verdacht war, dass Holger das auch so empfand. Irgendwann später ging sie wieder.

„Benutze ich die Situation der anderen um mich selbst gut zu fühlen?" ging mir durch den Kopf. „Ich fühle mich jedenfalls glücklich und verspüre genug Energie, andere in ihrer Situation zu unterstützen, wenn sie den Wunsch dafür irgendwie signalisieren".

Als Schwerhöriger veränderte ich meine Kommunikation in den letzten Jahren mehr und mehr dahin, zu interpretieren. Manchmal bilde ich mir ein, es inzwischen gut zu beherrschen. Meine Familie sieht das jedoch nicht immer so.

Der Abend kam, wir konzentrierten uns auf unser jeweiliges Fernsehprogramm. Mir fiel auf, wie Holger mit Kopfhörern und Brille immer mal wieder einschlief. Dann wälzte er sich unruhig hin und her. Ich begann mir Sorge um seine Brille zu machen. Das hielt mich davon ab, selbst die Augen zu schließen.

Mein Eindruck war, dass Holger sich zwischen der Beteuerung seiner Frau „Alles wird jetzt gut" und seinen eigenen, vermutlich negativen Gedanken hin und her bewegte. Er wirkte auf mich stark belastet – psychisch angeschlagen.
Zu Fritz vom Vortag hatte ich einen engeren Kontakt, zu Holger verständlicherweise noch nicht. Dennoch versuchte ich auch ihm meinen Gedanken vom Vortag zu vermitteln, seine Vorhaben für die Zukunft aufzuschreiben. Ich war unsicher, ob er in der Lage war, das anzunehmen. Umgehend beschlich mich aber auch der Gedanke, ob ich solche ungebetenen Ratschläge nur von mir gebe, um mich aufzuspielen.

Bis Mitternacht sah ich fern. Holger war fest eingeschlafen. Bei mir zu Hause gelte ich als Schnarcher. Doch was Holger da verursachte, hörte ich ohne Hörgeräte und durch das gesamte Verbandsmaterial an meinem Kopf hindurch. Er schnarchte so laut, dass ich nicht schlafen konnte.
Draußen herrschte Vollmond, der das Zimmer erhellte.

Mir war warm, schon wegen der langen Strümpfe an den Beinen, die zur Operation erforderlich waren, ich aber immer noch anbehalten sollte. Ich schwitzte. Gegen Morgen schlief ich ein.

Schrei nicht so

„Schrei nicht so"; „wenn ich nicht schreie verstehst du ja nichts"; „aber wenn du schreist verstehe ich erst recht nichts mehr – es tut mir weh"; „ach du mit deiner Schwerhörigkeit …"; „sprich einfach langsamer und vor allem deutlich mit mir"; „deutlicher als vorhin geht ja wohl nicht mehr". So oder so ähnlich laufen so manche Dialoge ab.

Schwerhörige Mitmenschen kennen das. So manche wohlmeinenden Zeitgenossen sprechen sehr laut zu mir bzw. in Richtung meines Hörgerätes. Besonders eifrige Menschen schreien in mein Hörgerät, wenn ich nicht gleich verstehe, was gesagt wird.
Es ist leichter, einen solchen Dialog nieder zu schreiben als ihn im Original zu führen. Im Original läuft das noch holpriger ab – weil ja auch diese Sätze erst einmal von mir verstanden werden müssen.

Ein Hörgerät ist, simpel ausgedrückt, ein Verstärker. An der einen Seite sitzt ein Mikrophon und am anderen Ende ein Lautsprecher – nur ist alles sehr klein verbaut. Wenn nun jemand sehr laut direkt ins Hörgerät brüllt, also ins Mikro, dann kommt das unmittelbar verstärkt, durch den Lautsprecher, in meinem Ohr an. Da gibt es keinen Schutz mehr, der Lautsprecher steckt direkt im Gehörgang.
Es fühlt sich etwa so an, wie wenn ein Intercity Zug durchs Hirn fährt.
Ja, es ist richtig, Hörgeräte sollen Sprache und auch Geräusche verstärken. Doch da bedarf es bei richtiger Einstellung keines Geschreis.
Bei mir war das so:

Sprache verstand ich, wenn das Umfeld ruhig war und mich mein Gegenüber direkt ansprach – aber auch nur dann, wenn deutlich gesprochen wurde. Die Deutlichkeit der Worte mit den darin enthaltenen Konsonanten war entscheidend für mein Verstehen. Seit einigen Jahren war ich am linken Ohr so gut wie taub. Deshalb trug ich links ein sogenanntes Cross Gerät, das lediglich über ein Mikrophon die Geräusche aufnahm und per Funk an mein rechtes Ohr sendete. Am rechten Ohr konnte ich leider bestimmte Frequenzen nicht mehr wahrnehmen. Das sind aber leider genau die Frequenzen, die für das Hören von Konsonanten besonders wichtig sind – für das Verstehen von Sprache.

Moderne Hörgeräte lassen sich so einstellen, dass eine Frequenzverschiebung erfolgt. Das klingt zunächst mal genial. Töne, die ich eigentlich nicht mehr hören kann, können in einer hörbaren Frequenz hörbar gemacht werden.
Bei mir hatte sich das leider nicht bewährt. Einige Konsonanten konnte ich mit dieser Einstellung etwas besser verstehen. Aber Hören ist eben mehr als nur das Aufnehmen von Tönen und Geräuschen. Alles hörte sich plötzlich anders, unecht an – eben in einer fremden Frequenz. Bestimmte vertraute Geräusche erkannte ich nicht mehr – mir bekannte Musik kam mir fremd, ja verzerrt vor. Nur selten erkannte ich bekannte Elemente darin.

Mein Hörgeräte Akustiker hatte sich wirklich viel Mühe mit mir gegeben. Er bot mir ein zusätzliches Musikprogramm als Einstellung im Hörgerät an. Doch in meinem realen Leben setzte ich mich schon lange nicht mehr hin, um nur Musik zu hören. Häufig läuft Sprache und Musik gleichzeitig ab. Ganz extrem in Fernsehsendungen. Da ist Sprache vielfach mit Musik hinterlegt – warum auch immer.

Kurzum, ich bat ihn, diese Frequenzverschiebung wieder zurückzunehmen.

Der Entschluss

Im Jahr 2002 erhielt ich meine ersten Hörgeräte für beide Ohren, links eine Version mit besonders kräftigem Verstärker. Sechs Jahre später entschied ich mich für ein neues Gerät am rechten Ohr, links konnte mir ein Hörgerät nicht mehr helfen. Weitere vier Jahre später überzeugte mich die bereits beschriebene Cross Lösung. Rechts erhielt ich ein neues Hörgerät und links ein gleich aussehendes Gerät, dass ans rechte Gerät funkte. Viele Termine beim Hörgeräte Akustiker waren erforderlich, um die für mich optimale Geräte Anpassung zu erreichen.

Mein Gehirn musste sich erst an diese seltsame Situation gewöhnen. Signale die von links kamen, wurden für das „Hörohr" rechts verstärkt. Die Richtung, aus der ein Geräusch kam, konnte ich seit einigen Jahren schon nicht mehr erkennen. Das änderte sich auch durch diese Cross Lösung nicht. Der hier verkürzt wiedergegebene Dialog verdeutlicht diese Situation.

„Frank, hilfst Du mir mal eben beim ...."?
„Ja, wo bist du denn?"
„HIER"
„Wo ist HIER"?
„In der Küche".
„Gut, ich komme".

Immerhin, mein Gehirn stellte sich auf diese Situation ein. Wenn die Batterie am linken Gerät, dem tauben Ohr ausfiel, merkte ich das inzwischen sehr deutlich. Es fühlte sich fast so an, als wenn ein Ohr ausfällt. Menschen mit normalem Gehör, können sich so etwas vermutlich nicht vorstellen.

Eine Cross Lösung ist eine tolle Sache, so lange eines der Ohren noch einigermaßen gut funktioniert. Leider hatte sich aber das Hörvermögen meines rechten Ohrs so verschlechtert, dass ich verschiedene Frequenzen nicht mehr wahrnehmen konnte. Das wirkte sich besonderes auf das Sprachverstehen aus. Als ich die Konsonanten nicht mehr auseinanderhalten konnte, war es vorbei mit dem Verstehen.

In solchen Situationen wurden Erinnerungen an meinen Großvater wach. Er war in seinen letzten Jahren sehr schwerhörig.

„Opa, wir fahren nach Tettnang."

„Wie"?

„Wir fahren nach Tettnang".

„Nach Mettmann"?

„Nein, nach T e t t n a n g"!

„Fettmang?"

Und so weiter ….

Um Konsonanten auseinander zu halten, half auch meine Cross Ausstattung nichts mehr. Was nutzte es, wenn das Gerät auf meinem linken Ohr alle Geräusche und Sprache exakt an mein Gerät rechts funkte, das Hörgerät rechts auch alles exakt aufnahm, aber mein Ohr selbst nicht mehr alle Frequenzen wahrnehmen konnte, die mir das Hörgerät übermitteln sollte?

Da half kein Einstellen am Hörgerät mehr, auch ein erneuter Versuch einer Frequenzverschiebung sorgte nur für Verwirrung.

Der entscheidende Punkt war erreicht, an dem ich eine grundsätzliche Veränderung wollte. Eine Veränderung, vor der ich mich lange gedrückt hatte. Ich hatte bisher Angst vor einer Operation am Kopf. Doch bevor ich vertrottelte, verblödete und immer mehr isoliert lebte, folgte ich der Empfehlung meines Hals-Nasen-Ohren Arztes. Ich entschloss mir für ein Cochlea Implantat auf meiner linken Seite.

Meine Wahl fiel auf die Hals-, Nasen- und Ohren Klinik am Universitätsklinikum des Saarlandes in Homburg.

Das Universitätsklinikum liegt etwas außerhalb der Stadt im Grünen. Einen gewissen Charme bekommt das Gelände durch Bäume, Grünanlagen und kleine Waldstücke, die sich teilweise durch und auch um die Anlage herum erstrecken.

Die verschiedenen Untersuchungen dauerten mehrere Stunden. Der lange nicht mehr genutzte Hörnerv wurde auf Funktionsfähigkeit geprüft. Nur wenn der noch arbeitet, macht die Operation überhaupt einen Sinn. So habe ich es jedenfalls verstanden. Er funktioniert noch.

Anders als von mir erwartet, war die Atmosphäre sehr angenehm und freundlich. Dazu trug auch das helle Atrium Gebäude bei.

Wartende Patienten wurden über eine Lautsprecheranlage aufgerufen. Es erinnerte mich an Lautsprecher auf Bahnsteigen. Ich konnte nicht verstehen, was da aus den Lautsprechern drang. Das fand ich deshalb erstaunlich, da es sich hier ja um eine Klinik auch für Hörgeschädigte handelt.

Entlassen wurde ich mit dem Auftrag, noch vor der Implantation eine Impfung, eine Computertomographie und eine Magnet Resonanz Tomographie durchführen zu lassen.

Ein Angebot der HNO Klinik gefiel mir sehr. Es sollte ein Treffen mit einer Person organisiert werden, die ebenfalls einseitig fast taub war und deshalb jetzt ein Cochlea Implantat trug.

Nur wenige Tage später erhielt ich bereits den Anruf des Cochlea Implantat Centrums (CIC) aus Homburg für ein Treffen mit einer implantierten Patientin. Ich war begeistert über die gute Organisation. Das ging schneller, als erwartet.

Ende November 2014 fand in den Räumen des CIC, dem Bereich für Cochlea Nachbetreuung, das Treffen mit dieser Patientin statt. Sie war erst im September operiert worden und wirkte sehr begeistert von ihren neuen Hörmöglichkeiten.

„Ich bin noch berufstätig und konnte manchmal nur erraten, was Kunden und Kollegen sagten" erklärte die Dame, „dauernd kam es zu Missverständnissen. Es wurde für mich oft sehr peinlich. Jetzt, mit meinem Cochlea Implantat, höre ich wieder Vogelgezwitscher und verstehe, was meine Kunden und Kollegen sagen."

Ihre Begeisterung übertrug sich auch auf mich. Bei vermeintlich zu viel Begeisterung regiere ich sonst skeptisch, aber ich erlebte diese Euphorie als sehr emotional und ehrlich. Von diesem Moment an fühlte ich mich in meiner Entscheidung bestärkt. Ich wollte das auch haben!

In unserem Freundeskreis war meine Schwerhörigkeit häufig Gesprächsthema, schon deshalb, weil sich alle immer wieder geradezu rührend darum bemühten, mich in Gespräche einzubeziehen, denen ich nicht folgen konnte. So blieb es nicht aus, ihnen von meinem Cochlea Vorhaben zu berichten.

„Die Else unten im Dorf, auf der anderen Bachseite, die trägt schon lange so ein Hörgerät" kam als Hinweis aus diesem Kreis. „Ei, wie schreibt die sich doch …? Nehmt mal Kontakt mit ihr auf." Meine Frau fand heraus, um wen es sich handelte und so besuchten wir diese Else kurzfristig, um ihre Erfahrungen mit dem Implantat zu erfragen. „Für mich war es damals eine riesige Hilfe, doch inzwischen ist das normal für mich" meinte sie. „Ich kann mich überall unterhalten und verstehe alles – glaub ich." Sie trug dieses Gerät nun schon seit einigen Jahren, versteckt unter ihren Haaren. Für sie war das längst alltäglich. Sie ging sehr nüchtern damit um.

Für mich begann nun die Wartezeit bis zur Zusage der Krankenkasse.

Im März 2015 endlich, erhielt ich die erlösende Nachricht der HNO Klinik mit der Zusage der Krankenversicherung:

„Sehr geehrter Herr Nüsken,

gestern ging die Kostenzusage der Krankenkasse bei uns ein. Anbei sende ich Ihnen Informationen über den weiteren Ablauf:
Im Anhang finden Sie ein Schreiben über die notwendigen Impfungen vor CI-Versorgung. Bitte gehen Sie damit zu Ihrem Hausarzt und lassen Sie die Impfungen durchführen.
Vor der Operation ist noch ein ambulanter Termin bei uns notwendig. Dabei wird die Operationsaufklärung durch den Arzt erfolgen, die Implantat Auswahl mit der Leiterin unseres Nachsorgezentrums, sowie eine Gleichgewichtsuntersuchung. An diesem Termin werden wir auch das Datum für die OP mit Ihnen vereinbaren. Bitte bringen Sie zu diesem Termin Ihr Impfbuch mit.
Ich hoffe, Ihnen mit diesen Informationen gedient zu haben. Für Rückfragen stehe ich Ihnen gerne zur Verfügung."

Bei dem folgenden Termin in der Klinik wurde ich über die Operation aufgeklärt und weitere Details wurden abgestimmt. Außerdem stand die Entscheidung für ein konkretes Cochlea Implantat an. Mir wurden Geräte von drei Fabrikaten zur Auswahl vorgestellt und angeboten:

- **Cochlear** aus Australien – das Verfahren wurde dort erfunden
- **MED EL** aus Österreich
- **Advanced Bionics** aus den USA

„Alle Fabrikate sind gut, sonst würden wir sie nicht implantieren" war die klare Aussage auf meine Frage nach Qualitäten. Ich entschied mich für Advanced Bionics, (AB) weil es mit der Technik von Phonak kompatibel ist. Ich trug bis dahin Phonak Hörgeräte.

Bedingt durch die Wartezeit für die Zusage der Krankenkasse, die noch Unterlagen nachgefordert hatte und wegen Terminengpässen der Klinik wurde schließlich der zweite Juni als Operationstermin festgelegt.

Langsam begann ich, mich intensiver mit dem Thema Cochlea Implantat und der Operation zu beschäftigen. Meine Erfahrung beschränkte sich bisher nur auf eine Korrektur der Nasenscheidewand. Aber die fühlte sich damals eher wie eine Zahnbehandlung unter örtlicher Betäubung an.

Hat sich erledigt

Der Prozess ist schleichend, ganz langsam, in kleinen Schritten, habe ich schlechter gehört und vor allem immer schlechter verstanden. Verstehen bedeutet ja nicht nur Wörter oder Sätze zu hören. Hören ist nur die Voraussetzung für Verstehen. Verstehen bedeutet die Inhalte zu begreifen, sie zu bewerten, die durch Sprache vermittelten Gefühle zu erfassen, für sich selbst zuzulassen, sich davon infizieren zu lassen – so wie mich Musik infiziert, mit Trauer, mit Freude und allen Schattierungen der Emotionen.

Mit dem schleichenden Prozess der Schwerhörigkeit ging ein anderer Prozess im Hintergrund einher, für andere kaum wahrnehmbar, ein leiser stummer Prozess des „aus der Welt Fallens", des „nicht mehr beteiligt Seins".

In einem Gespräch unter drei und mehr Personen ist es niemandem zuzumuten, ständig den „Übersetzer" in Kurzschrift bzw. Kurzsprech zu spielen. Ein gutes Gespräch nimmt einen nicht vorhersehbaren Verlauf, das macht den Reiz aus. Da stört jede Zwischenfrage „was hast Du gesagt?" „was hat sie gemeint?". Das normale Gespräch könnte dann nicht mehr weiter fließen.

Nun habe ich mir gedacht, na ja, du bekommst nicht mehr alles mit. Dann musst du dich anders beschäftigen, viel lesen und fernsehen. Da wirst du nicht viel Schaden nehmen.

Inzwischen weiß ich, dass es anders ist.

Ich kann nur von mir und meinen Eindrücken und Erfahrungen ausgehen und reden. Ich weiß nicht, wie es anderen Schwerhörigen da geht. Es interessiert mich aber.

Die ersten Signale sind solche Reaktionen des eigenen Um-feldes auf Nachfragen von mir. „Das war nur unwichtiges Geschwätz:" „Soll ich dir jetzt etwa die ganzen Dialoge wie-dergeben?" – ja, ich habe Verständnis dafür, dass das nicht geht. Auch ich kann von einem 20 Minuten Gespräch meist nur den Extrakt wiedergeben. Das dauert vielleicht ein bis zwei Minuten.

Kennst Du das? Du bist unter Freunden oder einfach in Ge-sellschaft. In einer vermeintlich unbeobachteten Sekunde flüstert Dir Deine Partnerin oder Dein Partner schnell etwas zu.
Ich verstehe den Inhalt nicht, kann nur selten aus der Gestik oder Mimik irgendwas interpretieren. Wie gehe ich damit um? Folgende Fragen schießen mir durch den Kopf:
„War es etwas Wichtiges, dass ich sofort beachten sollte?" „War es nur ein witziger Einwand zum vorher gelaufenen Gespräch?" „Soll ich etwas aus dem Auto holen?" „Ist es ihr vielleicht nicht gut und ich sollte reagieren?" „War es viel-leicht eine Bemerkung zu einem der anderen Anwesen-den?" -- Ich weiß es nicht.
*Aus Erfahrungen heraus, die nicht immer elegant verliefen, gibt es für mich derzeit nur noch eine Reaktion: **„Ich habe leider Nichts verstanden."***
Häufig lautet dann die Antwort: „Ist schon vorbei." oder „Hat sich erledigt." Das ärgert mich einerseits, weil ich die-se Antworten nun verstehe, andererseits weil ich aber nicht mitbekommen habe, was eventuelle Situationskomik gewe-sen wäre. Also entspanne ich mich, ich kann ruhig sitzen bleiben.

Mehr und mehr fällt mir auf, von Beginn an nicht mehr in Gespräche, Diskussionen oder auch Kleinigkeiten eingebun-

den zu werden. Hier findet ein Umgehen statt, womöglich für kurze Informationen und Problemlösungen. Aber diese Umgehung findet so selbstverständlich statt. Mich einzubinden ist zur Hürde geworden – aus Zeit- aus Nervengründen.

Was verursacht das bei mir? Bei allem Verständnis für die Notwendigkeit dieses Verhaltens empfinde ich so etwas wie Missachtung, Diskriminierung, nicht mehr gebraucht zu werden (außer körperlichen Tätigkeiten wie Kartoffeln aus dem Keller holen, Rasen mähen oder dergleichen). Das bedeutet, mein Geist, mein Intellekt wird zunehmend überflüssiger, zumindest für mein Umfeld. Das kratzt am Ego. Es ist ein permanenter Kampf, sich dagegen zu wehren.

Der stille, stumme, schleichende Prozess bewirkt aber noch etwas anderes. Wenn ich nicht aufpasse, werde ich zu dem trotteligen Alten, den ich manchmal schon abgebe. Wenn mein Gehirn nicht gefüttert wird und nicht gefordert ist, ist es nicht mehr geübt, schnell zu reagieren und selbst spontan Beiträge ins Gespräch einzubringen, es verlernt diese Fähigkeiten – langsam, schleichend eben.
Ich möchte aber auch weiterhin nützlich sein, über Handreichungen hinaus.

Deshalb verspreche ich mir von einem Cochlea Implantat mehr als nur besser zu hören. Ich möchte wieder vollwertig am Leben teilnehmen.

Im Sommer der Nelkenrevolution

„Frank ist ein kränkliches Kind", erklärte meine Mutter, „er macht mir viel Sorgen." Mir waren solche Aussagen nicht nur peinlich, sie waren auch für die Entwicklung meines Selbstbewusstseins nicht förderlich. „Er macht mir Sorgen" deutete ja darauf hin, dass ich dafür verantwortlich war.

Dieses Wort „kränklich" verwendeten meine Eltern oft gegenüber anderen Erwachsenen, vielleicht als Erklärung oder auch als Entschuldigung.

Kränklich, im Sinne meiner Eltern wurde ich nach einem Umzug unserer Familie in meine Geburtsstadt Wuppertal. Hier wohnten wir in der Stadt, die damals noch viel Ruß und anderen Dreck ausstieß. Aus meinen ständig wieder-kehrenden Erkältungen wurde Bronchial Asthma, was meh-rere Erholungsaufenthalte an der Nordsee erforderlich machte. In dieser Zeit, so glaube ich, wurden mit diversen Mittelohrentzündungen und Ohrenschmerzen, die Voraus-setzungen für meine Ohren- und Hörprobleme gelegt.

Zuvor lebten wir in einem kleinen Dorf im Bayerischen Wald, in der Nähe zur Tschechischen Grenze. Das waren wichtige Jahre meiner Kindheit in denen ich rundum ge-sund und fit war. Hier hatte ich die Freiheit, die ein Kind meiner Überzeugung nach benötigt, um sich zu entwickeln. Viel Platz, ausreichend Auslauf und Bewegung in der Natur. Es gab rundum nur Natur.

Ein späterer weiterer Umzug, ich war schon fast ein Ju-gendlicher, nach Buchau am Federsee in Oberschwaben, brachte mir die Natur zurück und beendete meine Kränk-lichkeit schlagartig. Aber der Grundstein für meine Hör-schädigung war wahrscheinlich bereits gelegt. Sicher auch

durch entsprechende Erbanlagen. Von einem meiner Groß-
väter habe ich bereits berichtet, aber auch der andere
Großvater war schwerhörig. Meine Mutter wurde es später
auch.

Meine Zeit als Jugendlicher in Buchau, später wurde der
Ort zu Bad Buchau, war eine gute Zeit für mich. Mein
Asthma war von einem Tag auf den anderen verschwun-
den, mit meinen neuen Freunden konnte ich große Radtou-
ren unternehmen. Wir entdeckten in uns die Musiker und
gründeten eine Band – die Sondos. Es gelang uns, in der
Region Oberschwaben und darüber hinaus einen guten Ruf
zu erarbeiten – zu erspielen. Mein Gehör war in dieser Zeit
sehr gut. Jeden falschen Ton in unserer Musik konnte ich
erkennen. Bei den Sondos war ich der Hauptsänger– heute
nennt man das, so glaube ich, Frontman. Gegenüber
Gleichaltrigen hatten wir als Musiker einen leichteren Zugang zu Mädchen, da ergab es sich geradezu, dass ich auf
diesem Weg meine erste Frau kennen lernte.

Die dann zu früh und zu jung eingegangene Ehe brachte
Veränderungen. Viele Musikproben und Auftritte, es waren
Tanzveranstaltungen, sorgten für erste Symptome von
Beziehungsstress. Ich glaube, es war in dieser Phase meines
Lebens, dass ich manchmal ein ungewohntes Knacken im
linken Ohr wahrnahm, verbunden mit einem Druckgefühl,
etwa so wie bei Flugzeug Starts und Landungen, das aber
rasch wieder verschwand. Ich hatte nicht gelernt, mit dieser Art Stress umzugehen. Möglicherweise ist das weit
hergeholt, aber ich habe rückblickend den Eindruck, dass
sich Stress zwischen mir und anderen Menschen auf mein
linkes Ohr ausgewirkt hat. „Eine deiner Schwachstellen hat
reagiert" hat später mal ein Freund dazu gesagt. Er meinte
auch mit dem Hinweis auf mein Sternzeichen „du bist eine

typische Waage. Du kannst nicht mit unausgewogenen Situationen umgehen".

Die Sondos habe ich damals verlassen und meine Gitarre blieb im Koffer. Es folgten turbulente Jahre, ausgefüllt mit der Suche nach der richtigen beruflichen Entwicklung verbunden mit Abwesenheitszeiten und weiteren Beziehungsherausforderungen. Die zu früh und zu jung begonnene Ehe fand dann auch ein Ende.

Doch bis es schließlich so weit war, tauchten mehr und mehr Reaktionen meines linken Ohrs auf, die ich aber konsequent ignorierte. Kurze Knackgeräusche, kurze vorübergehende Taubheitsgefühle, manchmal verbunden mit einem Gefühl der Trockenheit im Mund.

Es wäre zu einfach, alle Ohr- und Hörprobleme auf meine damalige Beziehung zurückzuführen. Es wäre auch ungerecht. Durch mein Elternhaus, meine Prägung war ich nicht ausreichend auf zwischenmenschliche Konflikte vorbereitet. Mein Naturell und, wie bereits erwähnt, eine Portion Erbgut taten ein Weiteres.

Beruflich landete ich schließlich in einem großen Unternehmen, mit vielen Niederlassungen in Deutschland. Häufige Stand- und Wohnortswechsel waren vorprogrammiert – sie wurden erforderlich.

Mein Weg in die Schwerhörigkeit war ein langer und langsamer Prozess.

Mit meinem Blick in die eigene Hör-Vergangenheit möchte ich meine Leser motivieren, rechtzeitig auf eigene Körpersignale zu reagieren. Aber, so glaube ich, werden auch heute junge Leute weiterhin konsequent Anzeichen des eigenen Körpers überhören. In dieser Lebenszeit war ich nicht an Ermahnungen interessiert. Es war immer zu viel Leben im Leben.

Im Jahr 1974 wurde mir richtig bewusst, dass ich nicht mehr optimal hörte. Das heißt, ich konnte diese Situation nicht mehr länger verdrängen. Besonders deutlich wurde mir das bei Telefonaten. Bis dahin hatte ich den Telefonhörer immer mit der linken Hand ans linke Ohr gehalten. Das machen, glaube ich, viele so. Auf diese Weise bleibt die rechte Hand frei um Notizen zu machen oder – bei langatmigen Telefonaten – hübsche kreative Zeichnungen mit dem Kugelschreiber aufs Papier zu bringen.
Doch nun wechselte ich manchmal während des Telefonats den Telefonhörer vom linken ans rechte Ohr. Für Ungeübte ist das ein wenig umständlich. Die Hörfähigkeit meines linken Ohrs hatte nachgelassen.

In deutlicher Erinnerung blieb mir eine Autoreise in den Urlaub nach Portugal im Sommer 1974. Politisch Interessierte können sich vielleicht noch daran erinnern, was damals in Portugal geschah. Am 25.April 1974 fand in Portugal die sogenannte Nelkenrevolution durch das portugiesische Militär statt. Die Soldaten marschierten bewaffnet auf und vermittelten allein dadurch, ihrem Ansinnen auch eindeutig Nachdruck. Es fiel aber kein Schuss. Die begeisterten Portugiesen steckten den Soldaten Nelken in die Gewehrläufe. Auch wurde von Fällen berichtet, dass sich Soldaten selbst Nelken ins Gewehr steckten. Gibt es eine bessere Verwendung für Gewehre? Nelken in Gewehrläufen?

In diesem Sommer an der Algarve angekommen, bemerkte ich dauernde Trockenheit im Hals und Schluckbeschwerden, aber auch ein leicht taubes Gefühl im linken Ohr. Zunächst hatte ich die lange Autofahrt in sommerlicher Hitze dafür verantwortlich gemacht, auch die Fahrt mit offenen Autofenstern. Vermutlich lag die Ursache jedoch anderswo. Heute betrachte ich diesen Sommer nach der Nelkenrevolution in Portugal als Anfang des für mich bewussten Prozesses meiner Schwerhörigkeit. Hier begann ein für mich wahrnehmbarer Verlauf.

Damals befand ich mich noch in der besagten Ehe. In Erinnerung blieben mir besondere Beziehungsherausforderungen gleich in den ersten Tagen in Portugal. War vielleicht wieder meine mangelnde Stressresistenz Auslöser der Hörbeeinträchtigung?
Später meinte einmal ein Arzt zu mir, mein Trommelfell links würde Anzeichen von Hörstürzen aufweisen. Ein anderer Arzt wiederum hielt das für Quatsch.

Seit einigen Jahren wohnten wir in der Peripherie von Augsburg. Meine Hörproblematik war mir seit wenigen Jahren bewusst. Doch bis dahin hatte ich dagegen nichts unternommen. Ich hörte links schlecht und manchmal hatte ich etwas Mühe, den Druckausgleich im Kopf wieder herzustellen.
Meinen Arbeitsplatz hatte ich in Augsburg. In Gesprächen mit Kollegen wurde manchmal mein Hörproblem am linken Ohr erkennbar. Mehrere Kollegen empfahlen mir einen Hals Nasen Ohrenarzt in dieser Stadt. „Das ist der Beste in Augsburg. Geh da mal hin!"

Dieser Arzt schaute mir in die Nase. Das genügte ihm, um seine Diagnose zu stellen.

„Das ist kein Wunder, Ihre Nasenscheidewand ist links so schief, da fließt nicht genug ab und es staut sich bis in den Ohrbereich". Zu dieser Zeit war ich privat versichert. Er schlug mir eine umgehende Korrektur der Nasenscheidewand vor, die er selbst im Evangelischen Krankenhaus in Augsburg als Belegarzt durchführen wollte. Ich vertraute seiner Versicherung, dass das die richtige erfolgversprechende Maßnahme zur Behebung meiner Hörprobleme am linken Ohr sei – schließlich war er der Beste in Augsburg. Ich stimmte diesem Eingriff zu.

Unter örtlicher Betäubung brach er mir in der Nase einige Knorpelteile heraus – zumindest fühlte es sich so an. Anschließend sollte ich für eine Woche im Krankenhaus bleiben. Es war ein altes Gebäude mit knarrenden Holzdielenböden. Für mich stand ein riesiges Einzelzimmer zur Verfügung, groß genug um als Übungsraum für eine Tanzschule herhalten zu können.

Nach dieser Woche konnte ich keine Verbesserung feststellen. Der beste Hals-Nasen-Ohren Arzt in Augsburg meinte dazu, „Das dauert sicher ein paar Wochen. Sie müssen schon etwas Geduld haben". Wenn es darauf ankommt habe ich viel Geduld. Es änderte sich aber nichts. Weder nach vier noch nach vierzig Wochen. Auch in den folgenden Jahren wurde es nicht besser mit meinem Gehör, eher schlechter.

Rückblickend wird mir bewusst, dieser Augsburger Arzt hatte mir nicht einmal in mein Ohr geschaut. Vielleicht war er Spezialist für die Nasenscheidewand. In den siebziger Jahren ließ das Abrechnungssystem mit meiner Krankenversicherung für eine Korrektur der Nasenscheidewand auch eine Woche Aufenthalt im Krankenhaus zu. Das Krankenhaus hatte vermutlich auch von meiner Anwesenheit im Tanzsaal profitiert. Später hörte ich von Freunden und Bekannten, „bei mir wurde die Nasenscheidewand Korrektur ambulant in der Arztpraxis durchgeführt."

Nun bin ich kein Typ, der pauschal Berufsgruppen verteufelt und alle für das Verhalten Einzelner einer Spezies verurteilt. Vor jedem, der seinen Beruf, seine Arbeit verantwortungsvoll und ernsthaft ausführt, habe ich Respekt. Auch habe ich Verständnis für Fehler die gemacht werden - vorausgesetzt, der Verursacher steht auch dazu. Viele Fehler, zum Beispiel von Handwerkern, lassen sich beheben, Fehler von Ärzten jedoch nur selten.
Nun ja, meine Schwerhörigkeit entwickelte sich weiter.

Anfang der Achtziger Jahre zog ich im Rahmen meiner beruflichen Tätigkeit in den Raum Ulm um. Ulm ist eine sehr sympathische Stadt. Die Stadt erlebte ich vielseitig, viel Flair und gute Stimmung – zumindest war das in den achtziger Jahren so. Ulmer Münster, Tourismus, Altstadt, Studentenkneipen, gutes Essen und vieles mehr – Ulm hatte von allem etwas und davon nie zu viel.
Besonders in den gemütlichen Altstadtkneipen machte mir mein schlechtes Gehör zu schaffen. Männern sagt man nach, sie leiden lieber anstatt zum Arzt zu gehen, neigen aber dazu ihr Leiden wie ein Banner vor sich herzutragen. Nun, so blieb es auch bei mir nicht aus, dass meine Mitmenschen von meiner Schwerhörigkeit erfuhren und mir auch umgehend Ratschläge erteilten. „Geh doch mal ins neue Krankenhaus. Die haben eine gute HNO Abteilung."

Mit diesen guten Empfehlungen versehen, meldete ich mich in der Klinik an, erhielt einen Termin und wurde dort anschließend fast zwei Tage lang untersucht und getestet.

Das alles wirkte auf mich sehr professionell. Am dritten Tag erfolgte ein Abschlussgespräch beim leitenden Arzt dieser Abteilung.

„Sie hören links sehr schlecht und mit dem rechten Ohr auch schon eingeschränkt." Er beschrieb noch einmal alle durchgeführten Tests und wiederholte dann das Ergebnis, meine Hörschwierigkeit. „Gut" meinte ich, „das wusste ich bereits. Es ist der Grund weshalb ich zu Ihnen gekommen bin. Was können wir jetzt dagegen machen?" „Dagegen können wir in Ihrem Fall nichts weiter machen", meint er. „Vielleicht können Sie es mal in ein paar Jahren mit einem Hörgerät links versuchen. Aber wirklich tun, können wir derzeit nichts."
Bei diesem Gespräch war ein weiterer Arzt, es war der Oberarzt, mit anwesend.

Außer mit meinen Hörproblemen hatte ich zu dieser Zeit auch mit ständigem Schnupfen – leider noch nicht als Allergie identifiziert – zu kämpfen. Deshalb sprach ich dieses Thema auch noch kurz an. Diverse Nasensprays hatte ich bereits benutzt, aber auch wieder abgesetzt. „Ich möchte nicht davon abhängig werden". Außerdem tauchte in dieser Zeit der Begriff „Stinknase" auf – davon hatte ich die Nase voll.

Doch dazu wollte mir mein Gesprächspartner keinen Rat geben, „Dafür müssen wir Sie genauer untersuchen, ohne konkrete Angaben kann ich dazu keine Aussage machen". Das leuchtete mir ein. Und so endete unser Gespräch.

Beim Hinausgehen begleitete mich der Oberarzt und nahm mich kurz zur Seite. „Unser Chef ist noch ganz neu hier.

Unser bisheriger Leiter hat sich als Arzt niedergelassen. Gehen Sie doch mal dahin" flüstert er mir zu. Er gab mir Namen und Adresse und verschwand dann schnell und unauffällig. Illoyalität mag ich nicht – vielleicht war dieser Herr noch immer loyal zum Vorgänger.

Zeitlich konnte ich es gut einrichten, also meldete ich mich bei diesem Hals-Nasen-Ohren Arzt an. In der Sprechstunde erklärte ich, wer mich geschickt hat, sowie meine Ohren und Nasen Probleme. „Zu Ihrem Gehör kann meine Aussage ohne eigene Untersuchung leider nur oberflächlich sein" meint er „die Klinik in Ulm ist aber für ihre gute Arbeit bekannt." Das hatte ich auch nicht anders erwartet.

Zu meinem Schnupfen riet er mir wie folgt: „Ich schreibe Ihnen ein Nasenspray auf – dieses Spray empfehle ich nur deshalb, weil die Flasche eine gute Funktion hat und wieder nachfüllbar ist. Den Inhalt gießen Sie bitte ins Waschbecken. Dann füllen Sie diese Flasche mit Apollinaris oder einem anderem salzhaltigen kohlensäurearmen Mineralwasser auf. Das benutzen Sie bitte als Nasenspray. Sie benötigen davon etwas mehr als von anderen Sprays, aber Sie schädigen Ihre Nase nicht weiter." Mit diesem guten Rat und einem Rezept verließ ich diesen Arzt – den Rat befolgte ich später immer wieder mal. Besser hören konnte ich aber immer noch nicht.
Ich stellte mir die Frage, wovon dieser Arzt lebt, wenn er alle Patienten mit solchen Ratschlägen fortschickt. Der Rat war gar nicht so schlecht – für meine Allergie.

Einige Jahre kümmerte ich mich um die Aus- und Weiterbildung für mehrere Niederlassungen meines damaligen

Arbeitgebers. Diese Tätigkeit erforderte regelmäßige Fahrten zwischen den Städten München, Augsburg, Ulm und Ravensburg. Wöchentlich fuhr ich, seit einigen Jahren von Ulm aus, diese Städte an. Dafür stand mir ein Dienstwagen zur Verfügung. In diesen Fahrzeugen galt striktes Rauchverbot. Das hatte auch seinen logischen Grund. Wöchentlich fuhr ich fast tausend Kilometer. Mit einer Laufleistung von ungefähr zehntausend Kilometern wurden die von mir genutzten Fahrzeuge verkauft und ich erhielt einen neuen Wagen. Ein nach Rauch riechendes Auto in einem Alter von nur wenigen Monaten, lässt sich kaum verkaufen.

Das Dumme daran war die Tatsache, dass ich ein leidenschaftlicher Raucher war. Schon direkt zum Frühstückskaffee rauchte ich meine erste Zigarette und die letzte dann abends kurz vor dem Zähneputzen. So kamen im Laufe des Tages schon bis zu achtzig Zigaretten zusammen.

Da ich fast täglich zwei Stunden und länger im Auto verbrachte, hielt ich es für eine Zumutung, in dieser Zeit nicht rauchen zu dürfen. Deshalb erfand ich einen Ausweg, der vermutlich für die Verschlechterung meines Gehörs mit verantwortlich war, vor allem aber für die zunehmende Schwerhörigkeit meines linken Ohrs.

Ich rauchte trotz Verbot im Nichtraucherfahrzeug – jedoch nur während der Fahrten auf der Autobahn. Der Anteil der Autobahnstrecken meiner Fahrten betrug, je nach Ziel, bis zu neunzig Prozent.

Das Fenster auf der Fahrerseite, also das linke Seitenfenster, öffnete ich immer etwa fünf Zentimeter weit. So entstand während der Fahrt ein Sog nach außen. Die Asche der Zigarette klopfte ich vorsichtig in den Aschenbecher. Die Kippe warf ich dann elegant aus dem Autofenster – selbstverständlich weiß ich um mein frevelhaftes Verhalten. Vor jeder Ankunft am Zielort hielt ich an einem Parkplatz an, nahm den Aschenbecher aus der Halterung und kippte die lose Asche in einen Mülleimer. Anschießend blies ich den Aschenbecher noch aus. Fertig war das Nichtraucherfahrzeug.

Diese Methode funktionierte all die Jahre. An meinem Heimatstandort gab ich das Fahrzeug regelmäßig zum Tanken und Waschen ab. Es hatte niemals jemand bemerkt, dass ich geraucht hatte. Doch einmal wollte mein Chef,– ein fanatischer Nichtraucher – kurzfristig mein Fahrzeug benutzen. Es verunsicherte mich ein wenig. Aber er bemerkte nichts. Ohne Kommentar erhielt ich meinen Dienstwagen zurück. Somit war ich mir meiner Sache weiterhin sicher.

Nun kann sich jeder Autofahrer vorstellen, welcher Lärm entsteht, wenn während der Fahrt auf der Autobahn, das Fenster ein wenig geöffnet ist. Die Hauptlärmquelle war direkt neben meinem linken Ohr.

Dauerlärmbelästigung schädigt das Gehör. Ich bin mir dieses Zusammenhangs sehr bewusst. Doch war die Sucht nach der Zigarette stärker als die Erkenntnis. Deshalb gelang mir bei diesem Thema eine ausgezeichnete Verdrängungsarbeit. Neben anderen Ursachen trug mein unvernünftiges Verhalten erheblich zur raschen Entwicklung meiner Schwerhörigkeit am linken Ohr bei.

Seit November 1984 rauchte ich nicht mehr – aber selbst zwanzig Jahre später träumte ich manchmal noch vom Rauchen.

Eine erneute betriebliche Versetzung brachte mich 1985 nach Stuttgart. Da hatte ich vor Jahren schon einmal gearbeitet – ich kannte mich dort noch aus.

Jetzt also wieder Stuttgart. Mein Zuständigkeitsbereich erweiterte sich nun auf die gesamte damalige Bundesrepublik. Mehr reisen, mehr Autobahn, aber bei geschlossenem Seitenfenster, ich war ja inzwischen Nichtraucher. Somit war es ruhig im Fahrzeug. Die Ruhe war ein Segen für mein Gehör. Am neuen Arbeitsplatz wurde mir ein Telefon mit Hörverstärker angeboten. Diese Möglichkeit nahm ich gerne wahr.

Inzwischen hatte meine Schwerhörigkeit auf dem linken Ohr das Stadium erreicht, in dem ich – selbst mit Verstärker – links nicht mehr gut telefonieren konnte. Es entstanden Missverständnisse. Also musste ich endgültig und konsequent meine Gewohnheiten beim Telefonieren verändern. Immer wieder mal hatte ich bereits vorher schon mit dem rechten Ohr telefoniert.

Die meisten Rechtshänder halten den Telefonhörer mit der linken Hand ans linke Ohr und machen sich mit der rechten Hand Notizen. Das hatte ich bis dahin meist auch so gemacht. Es war einfach praktisch.

Leidensgenossen kennen das natürlich. Da ich mich nun also beim Telefonieren von links auf rechts umstellen musste, hielt ich mit der linken Hand den Hörer ans rechte Ohr. Dabei bedurfte es eines gewissen Trainings, damit der linke Arm nicht vor dem Gesicht im Weg ist.

Normalen Gesprächen – so von Mensch zu Mensch - konnte ich weiterhin gut folgen und auch mitreden. Beruflich musste ich jetzt mehr und mehr Seminare und Veranstaltungen leiten. Dazu gehörte neben der Fähigkeit zu Sprechen auch gutes Hören. Ich kam in diesen Situationen mit meinem Gehör noch relativ gut zurecht. Mein rechtes Ohr schaffte noch ganz gut den Ausgleich.

Meine Schwerhörigkeit im linken Ohr schien sich zu stabilisieren – in einem für mich erträglichen Rahmen. Ich hatte den Eindruck, dass es nicht schlechter wurde. Als Optimist ging ich davon aus, dass das so bleibt. Vielleicht sind Optimisten naiv. Einige Jahre konnte ich so gut weiterarbeiten.

Wieder zu Hause

Vor fünf Tagen wurde ich operiert. Die letzten beiden Tage saß ich in der Klinik nur noch herum, ging spazieren, schrieb und unterhielt mich auf der Station. Seit zwei Tagen lautete meine Frage: „wann kann ich heim?"

Nicht dass ich mich gelangweilt hätte, ich hatte immer irgend eine Beschäftigung. Aber es wurde langsam unbequem – die Sitzhaltung beim Schreiben am kleinen Tisch, die Haltung beim abendlichen Fernsehen – der Bildschirm war sehr klein und hatte wegen des alten Formates noch schwarze Streifen oben und unten. Außerdem freute ich mich auf zu Hause und darauf, bald wieder auf beiden Seiten schlafen zu können – bedingt durch die Operation links war es notwendig, ein paar Nächte nur auf meiner rechten Seite zu liegen.

Endlich wurde ich entlassen. Das erste Anzeichen dafür war die Reinigungskraft. Sie kam schon gegen acht Uhr und wusch meine Schrankteile und meinen Nachttisch aus. Auch mein Bett wurde bereits neu bezogen und war somit nicht mehr meins. Relativ früh kam dann der Arzt und teilte mir mit, dass ich ab sofort entlassen sei.
Der Pfleger rief mich nach kurzer Zeit und entfernte mir die Pflaster von Ohr und OP-Naht, reinigte mein Ohr und gab mir vorsorglich ein Paar Pflaster mit. Ich wollte aber kein Pflaster mehr anlegen – wollte Luft an die Naht lassen. Jeder lobte die Naht, die ich selbst nur mit Verrenkungen im Spiegel sehen konnte. „Das sieht aber gut aus." hörte ich vielfach, auch von Nichtfachleuten. Ich war sehr zufrieden.

Mit meinem aktuellen Mitbewohner unterhielt ich mich noch bis ich abgeholt wurde. Für mich war es ein sehr angenehmes Gespräch. Mein Eindruck war, dass er das auch so empfand. Bisher hatten wir uns mit längeren Unterhaltungen zurückgehalten. Nach seiner OP konnte und sollte er nur sehr wenig sprechen.

Seit ein paar Tagen war auch Fritz wieder auf der Station. Ich hatte mich inzwischen ein paar Mal mit Ihm unterhalten. Von ihm verabschiedete ich mich noch rasch.

Inzwischen war meine Frau gekommen, um mich abzuholen. Auf diesen Moment hatte ich mich gefreut. Seit drei Jahrzehnten war ich zum zweiten Mal verheiratet. Schnell noch verabschiedete ich mich vom gerade anwesenden Personal. Alle Mitarbeiterinnen und Mitarbeiter der Station hatte ich als stets hilfsbereit, immer freundlich, und auch – soweit ich das einschätzen kann – kompetent erlebt.

Es war ein gutes Gefühl, wieder zu Hause zu sein, bei meiner Frau, meiner Familie, unseren Tieren und dem Garten mit den rauschenden Bäumen.

Als erstes bat ich darum, ein Foto von meinem Kopf, meiner Operationsnaht, zu machen.

Angst vor der Operation hatte ich nicht gehabt, aber Respekt. Trotz meines reifen Alters blieb ich bisher von Operationen und Vollnarkose verschont. Darauf war ich fast ein wenig stolz. Vor Jahren hatte ich mich gesträubt, mich am Kopf operieren zu lassen. Ich ging davon aus, mir mit Hörgeräten helfen zu können. Doch das stellte sich als Fehleinschätzung heraus. Es gab für mich keine Alternative mehr. Nun, so schätzte ich es ein, hatte ich den schwerwiegendsten Schritt hinter mir, die Operation am Kopf. Das Implantat saß dort wo es sitzen sollte – das konnte ich zwar noch nicht selbst einschätzen, aber ich ging davon aus.

Hin und wieder spürte ich leichte Aktivitäten im Bereich meines linken Ohrs und darum herum. Mir fielen keine besseren Begriffe ein als Aktivitäten. Es zuckte manchmal, dann stach es ein bisschen, dann zog es wieder mal und auch der Druck fühlte sich anders an. Alle diese Wahrnehmungen waren jedoch sehr schwach. Ich führte sie auf den fortschreitenden Heilungsprozess zurück.

Mir ging es sehr gut. Nach einer Woche sollten die Fäden gezogen werden.

Mit meiner sichtbaren Veränderung am Kopf, jetzt mit Naht und später mit den sichtbaren Teilen der Cochlea Versorgung, wollte ich offensiv umgehen. Ich sah keinen Grund darin, das zu verstecken. Deshalb ging ich auch sofort wieder in die Öffentlichkeit, zum Einkaufen und auch in die Heißmangel.

„Ah, bekommen Sie dieses neue Hörgerät?" fragte mich die Dame in der Heißmangel. „Ich habe da kürzlich einen Bericht im Fernsehen gesehen". Sie wies mit einer Handbewegung auf meinen Kopf, der deutlich sichtbar rasiert, die Narbe der Operation zeigte – noch mit Fäden geschmückt.

„Ja, mir wurde vor einer Woche ein Cochlea Implantat eingesetzt." war meine Antwort. Gerade wollte ich weiter ausholen. Doch meine Gesprächspartnerin war sehr daran interessiert, zunächst mal von ihrem Mann und seinen Hörproblemen zu berichten. „Mein Mann hört nur noch auf einem Ohr und auf dem anderen Ohr versteht er wenig. Wenn wir ihn nicht direkt anschauen und ansprechen, versteht er nicht worüber wir reden. Es ist schlimm, auch für uns alle. Manchmal führt das auch zu Missverständnissen – wenn wir mit mehreren Leuten im Gespräch zusammen sitzen, bemühen sich alle, ihn beim Sprechen anzusehen. Da er meistens dennoch nicht versteht, worüber gesprochen wird, meint er manchmal, wir reden über ihn." Schnell versuchte ich ein „das kann ich gut verstehen" unterzubringen.

„Ja, dann wird er manchmal ärgerlich und fühlt sich nicht ernst genommen, besonders dann, wenn gelacht wird", fuhr sie fort, „und dabei haben sich alle nur Mühe gegeben. Das ist für uns alle auch nicht so leicht."

Parallelen zur eigenen Situation erkannte ich sofort. Die Schwierigkeiten aus der Sicht des familiären Umfeldes waren auch mir geläufig. Es leidet eben nicht nur der Schwerhörige sondern auch seine Familie.

Weiterhin zeigte ich Verständnis und erklärte anschließend die Gründe des Nichtverstehens sowie die verschiedenen Schritte bis zum Hören mit einem Cochlea Implantat.

„Ich hatte zuvor eine große Abneigung, mich am Kopf operieren zu lassen" erklärte ich „aber es war ganz harmlos für mich. Durch die Narkose habe ich nichts mitbekommen. Und als ich wieder wach war, war alles vorbei. Ich hatte keine Schmerzen, bis heute nicht."

„Das muss ich heute Abend sofort meinem Mann erzählen" meint sie beim Abschied.

Gespannt war ich auf die Reaktion von Mitmenschen, wenn ich den Sound Prozessor für das Cochlea Implantat endlich am Kopf tragen würde. Vermutlich gab es mehr Menschen im weiteren Umfeld, die ebenfalls schlecht hören.

Mich beschäftigte die Frage, ob mehr Männer oder mehr Frauen von Schwerhörigkeit betroffen sind. Nach meiner subjektiven Beobachtung hatte ich bisher mehr Männer gesprochen, die betroffen waren.

Einsam unter Freunden

Meine Frau und ich gehören seit einigen Jahren einem sehr sympathischen und aktiven Freundeskreis an – es sind alles Paare. Jeden Geburtstag feiern wir beim Geburtstagskind. Auch Silvester feiern wir immer gemeinsam, in jedem Jahr bei einem anderen Paar. Außerdem wandern wir oft gemeinsam.

Jährlich, in der Adventszeit, wählt eines der Paare ein Wandergebiet und diverse Wanderrouten aus. Für ein Wochenende fallen wir dann in einem Hotel dieser Region ein und lassen es uns gut gehen. Essen, Trinken, Wandern, ein Saunagang danach und wieder essen – so lässt sich der Ablauf beschreiben.

Da kann der Eindruck entstehen, es gäbe da nicht mehr viel Neues zu erzählen, zu besprechen oder einfach zu palavern. Weit gefehlt!

Ich bin ein Mensch, der viele Jahre seinen Lebensunterhalt durch Sprechen verdient hat. Solche Eigenschaften verkümmern nicht einfach mit zunehmendem Alter. Sie verschwinden auch nicht durch Schwerhörigkeit. Anders gesagt, ich habe immer auch gerne das Wort geführt.

Doch seit einigen Jahren sitze ich im Kreise der Freunde und höre viel, aber verstehe nichts mehr. Ich fühle mich einsam, mache ein angestrengtes Gesicht aber ich langweile mich. Also esse und trinke ich mehr, schließlich habe ich viel Zeit zu überbrücken. Weder zu viel essen noch zu viel trinken, tut mir besonders gut. Deshalb verbringe ich auch einige Zeit mit meinem Smartphone, ein Segen so ein Gerät, zumindest in dieser Situation. Hin und wieder schnappe ich ein Stichwort aus dem laufenden Gespräch der Tischrunde auf und mische mich dann mit meinem Kommentar dazu ins Geschehen ein.

Es folgt fast regelmäßig ein sich immer wiederholender Ablauf. Wenn ich überhaupt durchdringe – oft bin ich zu leise und häufig auch zu laut – sehe ich unverständliche Gesichter. Thema verfehlt oder Thema schon wieder vorbei. Für einen kurzen Zeitraum stehe ich dann dennoch im Mittelpunkt. Leider immer nur mit dem gleichen Thema, meiner Schwerhörigkeit. Ich habe dann Gelegenheit, ein paar Worte zur Entwicklung zu sagen und zu den Aussichten – in letzter Zeit auch zu den ganzen Vorbereitungen für die OP des Cochlea Implantats. Das Thema ist dann aber auch schnell erschöpft und das Gespräch fließt in andere Richtungen.

Allen Mitgliedern unseres Freundeskreises muss ich zugutehalten, dass sie immer wieder versuchen, mich ins Gespräch einzubeziehen. Ich finde das geradezu rührend, wie sich alle bemühen. Doch letztlich bleibe ich auf der Strecke, weil ich nicht verstehe, was sie alles sagen. Manchmal nicke ich nur zustimmend, um nicht dauernd wieder nachzufragen.

Leider gehen dann fast alle davon aus, dass ich weiß worüber am Abend gesprochen wurde.

Tage später kommen oft unerwartet Ereignisse auf mich zu, von denen ich angeblich gewusst haben sollte. „Das haben wir doch besprochen" oder „du warst doch dabei, als das vereinbart wurde" – ja das mag alles sein – die eventuelle Frage nach dem Schuldigen ist dann schnell geklärt. Als Schwerhöriger fühle ich mich immer schuldig oder doch zumindest verantwortlich.

Im Laufe meines Lebens musste ich schon immer mit sich plötzlich neu ergebenden Situationen, Ereignissen oder

Veränderungen umgehen – das kommt mir heute zugute. Ich nehme es gelassen hin, wenn ich kurzfristig die Information erhalte „du weißt doch, dass wir heute Abend alle ins Konzert gehen."

Hoffentlich gibt es da was zu trinken. Mein Smartphone habe ich immer dabei.

Schwindel in Bogotá

Im Jahr 1988 machte ich mich als Seminarleiter und Personaltrainer selbständig. Meine Schwerpunkte waren Unternehmens- bzw. Bereichsentwicklung sowie Training im Kommunikations- und Verhaltensbereich. Alles erforderte gutes Hören. Die meisten Teilnehmer konnte ich gut verstehen. Sie gaben sich in diesem Themenfeld ja auch besondere Mühe.

Bei den wenigen Teilnehmern, die zu leise sprachen oder undeutlich nuschelten, hakte ich nach – wenn nötig auch mehrfach. In dem Themenbereich „Sprechen und Kommunikation" war ich als Trainer ja geradezu genötigt, die Leise und den Nuschler darauf hinzuweisen, an der Sprache und Aussprache zu arbeiten.

Somit funktionierte meine Arbeit recht gut. Ich konnte es mir erlauben, darauf hinzuweisen, nicht sehr gut zu hören, was gelinde gesagt untertrieben war. Jeder im Beruf stehende Mensch muss so deutlich sprechen, dass auch ein schlecht hörender Mensch versteht, was gesagt und gemeint ist". Manche Teilnehmer interpretierten das lediglich als Trainingsmethode, um undeutlich sprechende Mitmenschen dazu zu bewegen, deutlich zu sprechen. Mir sollte das recht sein.

Warum sprechen wir? Die Antwort ist banal, wir sprechen, damit andere hören was wir zu sagen haben, damit Zuhörer unser Anliegen begreifen. Alles andere ist „in den Wind" gesprochen.

In den neunziger Jahren übernahm ich für Automobilfabrikate Konzeption und Umsetzung der Markteinführung neuer Automobile. Dazu wurden vorrangig Händler und deren Verkäufer geschult. In diesen Veranstaltungen, in

großen Gruppen, nahm ich wieder verstärkt Hörschwierig-
keiten wahr. In Pausen, wenn alle herumstanden, Kaffee
tranken und in Brötchen bissen, verstand ich zunehmend
weniger.

Im Rahmen meiner Tätigkeit kam ich durch den gesamten
deutschen Sprachraum. Bisher hatte ich mir eingebildet,
alle deutschen Dialekte zu verstehen. Doch Veranstaltungen in manchen Regionen brachten mich jetzt an Grenzen.

Im Verlauf dieser Jahre erarbeitete ich mir eine gewisse
Anerkennung in meinem Beruf. Als selbständiger Einzel-
kämpfer war ich sehr darauf angewiesen. Die Wiederverei-
nigung brachte neue Aufträge und Herausforderungen. Der
gesamte deutsche Osten war mir bis dahin völlig unbekannt gewesen. Nun lernte ich fast alle Städte und Land-
schaften quasi im Schnellkurs kennen und auch schätzen.
Mit meinem Gehör kam ich zurecht, wenn auch mit bereits
beschriebenen Einschränkungen, die ich aber überspielen
konnte. Der Gedanke, dass sich diese Situation weiter ver-
schlechtern konnte, kam mir nicht.

Im Jahr 2000 arbeite ich an einem mehrwöchigen Projekt,
das mich kreuz und quer durch Deutschland führte.

Es war mein letzter Tag dieser mehrwöchigen Tour mit
immer gleichen eintägigen Schulungseinheiten. Seit etwa
acht Wochen war ich unterwegs, jeden Tag an einem anderen Ort, jede Nacht in einem anderen Hotel. Unterbre-
chungen gab es nur an einigen Wochenenden. Mein letzter
Einsatzort war Gera. Den Tagesablauf kannte ich inzwischen sehr genau, alles lief, zigmal eingeübt. Jeder Satz
wurde Tag für Tag gleich formuliert, für jede Frage hatte
ich jetzt eine Antwort.

Es war ein heißer Sommer. Auch an diesem Tag herrschte wunderbares Sommerwetter. Ich beeilte mich, zu Ende zu kommen, wollte heim zu meiner Frau um mit ihr auf der Terrasse endlich gemeinsam ein Glas Rotwein zu trinken.

Rechtzeitig war ich fertig, Das Equipment war abgebaut und im Auto verstaut. Es ging los auf die inzwischen neu ausgebaute Autobahn. Noch herrschte wenig Verkehr. Kurz vor dem Hermsdorfer Kreuz fuhr ich in eine Radarkontrolle, obwohl ich die Vorwarnung im Radio gehört hatte.

Noch bei spätem Sonnenschein kam ich zu Hause an. Die Terrasse fand ich bereits belegt und belebt vor. Da saß Besuch. Es wäre unfair, die Menschen, die uns besuchten, für die Folgen verantwortlich zu machen, doch sie hatten mich in meinem Bedürfnis nach Entspannung gestört. Na egal, wenigstens tranken wir noch ein Glas Rotwein. Doch ich trank zurückhaltender als sonst. Irgendwas stimmte nicht. Der Wein schmeckte mir nicht. Ich nahm mich zurück und hielt mich ruhig.

Über Besuch freue ich mich sonst immer. An diesem Abend jedoch war ich froh, als die Leute endlich gingen.

Wir wollten zu Bett gehen. Während es Ausziehens überfiel es mich plötzlich. Schwindel – in einer bisher nie erlebten Intensität – Drehschwindel. Alles drehte sich. Schnell setzte ich mich auf die Bettkante und merkte, dass ich meine Position nicht mehr verändern konnte, ohne den Schwindel zu verstärken. Brechreiz, ich war mir unsicher, ob es Brechreiz war, ich konnte mich nicht bewegen. Nur mit einem T-Shirt bekleidet saß ich da, unfähig irgendetwas zu verändern. Gerne hätte ich noch eine Hose angezogen, aber es ging nicht.

So saß ich da in einer wenig bequemen Haltung auf der Bettkante – vielleicht eine halbe Stunde oder länger. Meine

Frau versuchte alles Denkbare für mich zu tun. Es half nichts. Schließlich rief sie unseren Hausarzt an, er wohnte im Dorf und nahm auch noch um diese Zeit das Telefon ab. Umgehend kam er und fand mich in unveränderter Situation auf der Bettkante. Unter Abwägen des einen oder anderen Verdachtes kam er nicht weiter und forderte schließlich Notarzt und Rettungswagen an.

In einem Vierbettzimmer im Krankenhaus erwachte ich. Mein Bettnachbar bemerkte mein Erwachen und erklärte mir sofort die Welt, seine Zuckerkrankheit mit allen Details der medikamentösen Einstellung und fügte auch gleich seine Einschätzung über die Qualität der Ärzte sowie der Schwestern und Pfleger hinzu.

Meine Frau kam, damit verbesserte sich meine Lage umgehend. Ich wurde in ein anderes Zimmer verlegt. Nach kurzer Zeit fühlte ich mich wieder ganz gut, etwas matt aber ohne Schwindel.

Die folgenden Tage vergingen mit Infusionen, Spritzen, gemeinsamen Spaziergängen mit meinem Zimmernachbarn und Untersuchungen. Ich konnte wieder ganz normal gehen und mich bewegen.
Für einen Besuch beim örtlichen Hals-Nasen-Ohren Arzt kam aber die Besatzung eines Krankenwagens mit einer Trage. Sie wollten mich zum Arzt bringen. Nach einigen Diskussionen nahmen sie einen Tragestuhl um mich zu transportieren. Da ich genauso gut gehen konnte, kam ich mir sehr seltsam vor. Für mich war es eine Lachnummer. Aber Vorschrift ist Vorschrift – da fiel mir mein Übertreten der Geschwindigkeitsbeschränkung vor dem Hermsdorfer

Kreuz ein. Leere und neue breite Autobahn, strahlender Sonnenschein, Tempo 100 – Vorschrift ist Vorschrift.

So richtig lächerlich wurde es dann beim Zugang zum Arzt. Der war nur über eine lange und etwas steile Außentreppe, die ins Obergeschoss des alten Gebäudes führte, zu erreichen. Meine beiden Träger, ein junger Mann und eine junge Frau schleppten mich diese Treppe hinauf, die ich locker hätte gehen können. Ein Bild, wie Cäsar durch Rom getragen wurde und der jubelnden Menge huldvoll zuwinkte, kam mir in den Sinn. Es stammte wahrscheinlich aus einem Asterix Band. Cäsar gleich winkte ich einigen gaffenden Passanten zu, die zögerlich zurückwinkten.

Der Arzt machte die üblichen Tests und entließ mich wieder. Ich bat ihn, den Trägern zu sagen, dass ich auch selbst gehen kann. Das half. Ich durfte auf eigenen Füßen und aus eigener Kraft die lange Treppe hinunter und auch im Krankenhaus wieder auf mein Zimmer gehen.

Auch eine Magnetresonanz Tomografie meines Kopfes ließ ich noch über mich ergehen.

Mein Zimmernachbar und ich langweilten uns in der Klinik und unternahmen nach Absprache mit der Station, Wanderungen in der Umgebung. Schließlich schien die Sonne und irgendwie musste ja die Zeit vergehen.

Um es kurz zu machen, keine Untersuchung führte zu einer Erkenntnis. Ob es nun wirklich ein Morbus Menière war oder ein naher Verwandter Drehschwindel blieb offen.

Das einzige für mich deutlich merkbare Ergebnis war mein Tinnitus. Ob durch den Drehschwindel oder die laute Magnetresonanz ausgelöst, weiß ich nicht. Ich beschloss diesen Pfeifton zu ignorieren, ihm keine Beachtung zu schenken. Das gelang.

Im Bewusstsein, zunehmend schwerhöriger zu werden, wurde mir klar, auch mit einer Beeinträchtigung meiner Arbeitsqualität rechnen zu müssen. Wie bereits erwähnt, erforderte gerade meine Tätigkeit als freiberuflicher Trainer und Seminarleiter nicht nur gut vorbereitet zu sprechen, sondern auch sehr gut zu hören und zu verstehen, was meine Teilnehmer sagen.

Seit geraumer Zeit quälten mich Sorgen um meine berufliche Zukunft und mein zukünftiges Einkommen. Länger konnte ich mich nicht selbst belügen und Realitäten ignorieren, das spürte ich. Aber welche Möglichkeiten boten sich mir? Als Arbeitnehmer hätte ich, je nach Aufgabenbereich, mit meinem Arbeitgeber sicher eine Lösung finden können, einen anderen Arbeitsplatz im Unternehmen zu finden, an dem Hören nicht so im Vordergrund steht. Ich hätte mehr konzeptionelle Arbeiten übernehmen können. Einiges wäre da denkbar. Doch als Selbständiger, der sich weitgehend selbst um Aufträge kümmern und sie dann auch selbst ausführen muss, fiel es mir schwer, eine gangbare Alternative zu finden. Ein radikaler Schnitt wäre wünschenswert gewesen, doch die Aussicht, im reifen Alter vor dem beruflichen Nichts zu stehen und plötzlich etwas ganz Neues anzufangen und sich mit komplett neuen Inhalten befassen zu müssen, hielt mich immer wieder zurück und ließ mich einfach weitermachen wie bisher. Bei größeren Projekten arbeitete ich mit mehreren Kollegen zusammen. Da ließ es sich beim gemeinsamen Abendessen kaum verbergen, wie schlecht ich hörte.

Dieser Zustand machte mich für Alternativen zugänglich.

So war ich schnell überzeugt, als ein Kollege, mit dem ich schon einige Jahre im Seminargeschäft zusammenarbeite, mir in seine Pläne und bereits begonnenen Vorbereitungen für ein Export- und Importunternehmen einweihte.

Deutschland beschäftigte sich gerade mit dem Rinderwahn. Wir befanden uns in der BSE Krise. Der Verkauf von Rindfleisch ging stark zurück. Am Fleischmarkt in Deutschland bestand der Bedarf nach gutem unverfälschtem Rindfleisch. Kolumbien bot hierfür viele Voraussetzungen. Und so hatte der Kollege bereits auch in Bogotá, Kolumbien, Kontakte geknüpft und eine Gesellschaft gegründet.

Für mich boten sich verschiedene Möglichkeiten, meine Fähigkeiten und Kenntnisse in dieses Projekt einzubringen.

Das führte im Dezember 2001 dazu, mit ihm und zwei weiteren Herren, einem Herrn aus Panama, der als Übersetzer diente und einem Herrn aus der Fleischbranche nach Bogotá zu fliegen. Bogotá, die Hauptstadt von Kolumbien, liegt auf etwa zweitausendfünfhundert Metern Höhe in den Anden.

Ich schreibe hier keinen Reise- und Erlebnisbericht sondern beschreibe nur Ereignisse, die zur Entwicklung meiner Schwerhörigkeit beitrugen. Aber so viel doch hier zu den Rindern in Kolumbien: Pro Rind stehen im Schnitt ca. 1,7 Hektar Weidefläche zur Verfügung. Die Rinder leben das ganze Jahr über im Freien und kennen keinen Stall. Sie fressen ausschließlich das Gras der Weiden in den Tiefebenen am Magdalena Strom. Fleischkenner schmecken einen Unterschied zu herkömmlich in Mitteleuropa gehaltenen Rindern sofort.

Im Rahmen dieses Aufenthaltes in Bogotá stand auch ein Besuch bei einem Fleisch Zerlegebetrieb auf dem Programm. Meine Aufgabe bestand darin, die einzelnen Arbeitsschritte bei der Zerlegung einer Rinderhälfte zu fotografieren.

Den Drehschwindel, Morbus Meniere, aus dem Sommer 2000 hatte ich längst vergessen. Aber während dieses Vorgangs überkam mich ein Anflug von Schwindel und Übelkeit.

Die ungewohnte Höhe und das Klima, vielleicht aber auch das viele Fleisch konnten der Auslöser sein – ich wusste es nicht. Schnell legte ich die Kamera weg und ging ins Freie.

Draußen erlebte ich dreierlei Wahrnehmungen: erstens verschwand mein Schwindelanflug langsam, zweitens verspürte ich Knackgeräusche im Ohr – in welchem war unklar und drittens, konnte von frischer Luft keine Rede sein. Bogotá liegt zwar hoch in den Anden, ist aber eine Stadt mit mehreren Millionen Einwohnern und einer ebenso gefühlt hohen Zahl von Autos. Die Atemluft erinnerte an Deutschland vor der Einführung des Katalysators – nur um ein Vielfaches intensiver. Doch Katalysatoren waren hier wohl unbekannt.

Dennoch ging es mir schlagartig wieder gut. Irgendetwas war in den Ohren geschehen. Schnell eilte ich zurück zu meinem Foto Job, den ich dann auch zu Ende brachte.

Die anschließenden Gespräche in den Büroräumen verstand ich besser. Ich hatte den Eindruck, besser zu hören. Spielte da die Höhe in den Anden eine Rolle? Auch einige Tage später hielt diese Situation immer noch an. Während eines Gesprächs beim Rinderzüchter-Verband des Landes verstand ich nicht nur die Übersetzung von unserem Mitreisenden Luis recht gut, selbst das Spanisch des Verbandsvorsitzenden glaubte ich dem Sinn nach zu begreifen.

Schnell wurde klar, dass er viel sprach aber nichts sagen wollte. Mit meinem Gehör war ich plötzlich zufrieden.

Die Rinderzüchter in Kolumbien hatten überhaupt kein Interesse daran, Rinder nach Europa zu exportieren. Die Auflagen der Europäischen Union, die eine lückenlose Nachverfolgung der Rinder bis zur Geburt erforderten, waren ihnen viel zu umständlich. Es war einfacher, die Rinder in großem Stil über die grüne Grenze nach Venezuela zu treiben, ohne Auflagen, ohne staatliche Überwachung und ohne Zoll, einfach nur für Cash. Unsere Chancen schwanden.

Leider ging diese Reise sehr schnell wieder zu Ende. Schon im Flugzeug merkte ich die erneute Veränderung in meinen Ohren. Wieder in Deutschland angekommen, war alles wieder wie zuvor. Ich hörte schlecht und verstand nur wenig.
Eine Auswanderung nach Kolumbien stand für mich dennoch nicht zur Diskussion.

Für das Export-Import Projekt mit Kolumbien arbeitete ich von zu Hause aus aber weiter. Wir wollten nun Europäische Wurst und Schinken nach Kolumbien exportieren. Diese Produkte gab es dort nicht. Außerdem versuchte mein Kollege, der sich inzwischen überwiegend in Bogotá aufhielt, exportfähige kolumbianische Produkte für Europa zu akquirieren. Doch zunächst arbeitete ich vorrangig in meiner bisherigen Tätigkeit weiter.

Im Januar 2002 begann ich ein Kommunikations-Training in Berlin. Teilnehmer waren Mitarbeiter einer Mobilfunkgesellschaft.

Schon beim Aufwachen im Hotel spürte ich, dass etwas nicht richtig war, nicht stimmte mit mir. Pflichtgemäß fuhr ich an den Veranstaltungsort und begann mit meinem Trainingsprogramm. Sehr rasch merkte ich, dass ich die Teilnehmer nicht vollständig verstehen konnte. Ich reagierte unsicher und gab falsche Antworten. Kurz – ich war unfähig diese Veranstaltung durchzuführen und die Teilnehmer reagierten verärgert. Dieses Training musste ich abbrechen. Ende

Völlig frustriert reiste ich zurück, nach Hause. An den folgenden Tagen fühlte ich mich deprimiert – obwohl das sonst nicht meiner Mentalität entspricht.

Zunächst war ich damit beschäftigt, mit meinem Auftraggeber klar zu kommen. Das war natürlich mit einer finanziellen Einbuße verbunden. Aber wie standen die Aussichten auf weitere Aufträge insgesamt? Wie sollte ich mit anderen Auftraggebern umgehen, die mit mir rechnen? Das beschäftigte mich sehr. Schließlich hing davon mein Einkommen ab.

Nach ein paar Wochen schien es wieder besser zu gehen – ich glaubte wieder besser zu hören. Durch einige weitere Seminare und Trainings hangelte ich mich so hindurch. Nach meinen Qualitätskriterien war das gerade noch so vertretbar. Aber ich merkte meine Schwierigkeiten deutlich. Vorgehensweisen und Trainingsmethoden auf die ich bisher ein wenig stolz war, ließ ich weg. Da wäre feines Hörvermögen erforderlich gewesen. Ich stellte mein Programm um – das funktionierte, machte es aber nicht besser.

In diesem Jahr ging ich zum ersten Mal zu einem Hörgeräte Akustiker. Der verpasste mir nach einigen Tests zwei Hörgeräte und passend dazu eine Fernbedienung. Was sich im Hörstudio gut anhörte und anfühlte war leider außerhalb dieser geschlossenen „Welt" plötzlich ganz anders. Eine laute Welt brach quasi über mich herein. Sofort ging ich noch einmal zurück und bemängelte diese Situation. Der Akustiker bat mich, es erst einmal ein paar Tage mit dieser Einstellung zu versuchen. „Jeder benötigt ein paar Tage Gewöhnung", meinte er, „die Welt ist lauter als Sie meinen."

Im Laufe meiner Schwerhörigkeit habe ich die Herausforderung verstanden, mit der jeder Mensch, der zum ersten Mal Hörgeräte trägt, zu kämpfen hat. Diese Schwierigkeit besteht ja nicht nur für den Träger der Hörgeräte sondern auch für den Akustiker. Oft werden die Hörgeräte als unangenehm schrill oder laut empfunden oder aber, die Träger bemerken keinen Unterschied zur bisherigen Situation.
Hierbei spielt die Gestaltung des Raums für die Anpassung und Einstellung beim Akustiker eine entscheidende Rolle. Einerseits soll und muss der Raum, in dem Hörgeräte angepasst werden, möglichst frei von Außen- und Nebengeräuschen sein, andererseits muss ein Hörgerät ja im wirklichen Leben getragen werden, also gerade dort eine Hilfe sein.
Die Bedeutung des Hörstudios wurde mir erst einige Jahre später so richtig bewusst. Beim nächsten Hörgerät bei einem anderen Akustiker gelang es, das Gerät realitätsnah anzupassen. Hier war der Studio Raum nicht hermetisch abgeschottet und nach meinem Empfinden genau richtig.

Doch zunächst befand ich mich noch in der Gewöhnungs-phase meiner ersten beiden Hörgeräte. Im Laufe des Sommers gewöhnte ich mich an sie. Wie so viele andere Betroffene, hörte auch ich alles zu metallisch, ja blechern. Die Fernbedienung erlaubte drei verschiedene Programmeinstellungen. Sehr schnell erkannte ich, dass ich vorwiegend nur ein Programm nutzte.

Die auftragsfreie Zeit in diesem Sommer nutzte ich, um im Umgang mit den Geräten sicher zu werden. Meine Sorge galt einem Einsatz im Auftrag eines Automobilfabrikates. Er sollte im Herbst mehrere Wochen ununterbrochen andauern.

Erfahrene Hörgeräte Träger können sich vielleicht denken, wie es weitergeht.

Der Einsatztermin im Herbst 2002 rückte unaufhaltsam näher. Für die Produktneueinführung von zwei neuen Fahrzeugtypen eines europäischen Automobilherstellers war ich als Trainer engagiert. Es war ein großes Projekt, außer mir waren noch mindestens 10 weitere Kollegen beteiligt. Seit kurzer Zeit trug ich die beiden Hörgeräte. Den Herausforderungen dieser Veranstaltung glaubte ich so gewachsen zu sein.

Zwei neue Fahrzeuge bedeutete auch doppelte Anzahl von Räumen, in denen Präsentationen und Workshops stattfanden. Das ganze Spektakel wurde im Hotel an der Rennstrecke von Oschersleben durchgeführt. Oschersleben liegt nur wenige Kilometer westlich von Magdeburg. Da die Räumlichkeiten im Hotel nicht ganz ausreichten, war neben dem Hotel, direkt an der Rennstrecke ein großes Zelt errichtet worden. In diesem Zelt fand die Hauptpräsentation eines der beiden Neufahrzeuge vor großem Publikum statt. Teilnehmer waren die Händler und deren Verkaufsmitarbeiter.

Ich hatte die Aufgabe, die Startveranstaltung im großen Zelt zu eröffnen. Es war mein erster Einsatz mit den beiden Hörgeräten. Der Herbst 2002 war schon verhältnismäßig kalt. Im Zelt lief eine geräuschvolle Gebläseheizung. Damit die erzeugte Wärme nicht so schnell durch die Zeltwände verloren ging, waren diese provisorisch mit Holzplatten verkleidet worden. Daran ließen sich auch leichter Werbeplakate anbringen. Dass im Allgemeinen Wärme nach oben steigt und durch das dünne Zeltdach abzieht, war eine Tatsache, die hier ignoriert wurde.
Die Rennstrecke von Oschersleben war ständig von unterschiedlichen Fahrergruppen, für Übungs- oder „Spaßfahrten" belegt. Da fuhren Motorradgruppen, aufgemotzte Personenwagen, amerikanische Zehnzylinder-Fahrzeuge ohne Auspuff und auch mal Renn-Trucks.

Meine Selbstsicherheit nahm schon ein wenig Schaden durch die Dauerbeschallung der Gebläseheizung. Dennoch musste ich jetzt anfangen. Job ist Job. Mit einer Begrüßung der Teilnehmer begann ich und leitete über zum neuen Fahrzeug, das selbstverständlich auch im Zelt stand. Kaum kam ich zu den wesentlichen Merkmalen des neuen Automobils und den Veränderungen gegenüber dem Vorgängermodell, da ging es los.

Ich bin kein Motorsportfan und deshalb in diesem Thema völlig unbedarft. Auch hatte ich noch nie Freude daran, wenn Autos unangemessen laut waren – ich kenne Leute, die ausflippen, wenn sie den besonderen Sound von bestimmten Fahrzeugen hören – doch damit hatte ich nicht gerechnet.

Diese riesigen amerikanischen Zehnzylinder-Fahrzeuge wurden direkt neben mir, nur getrennt durch die Holzplatte und die dünne Zeltwand, gestartet. Keinen Steinwurf entfernt ließen die Fahrer die Motoren warm laufen. Anfangs durch ein ständig auf- und abschwellendes Aufheulen der Motoren und dann mit vermutlich durchgetretenem Gaspedal. Auf eine geräuschdämmende Auspuffanlage wurde verzichtet. Überflüssig. Schließlich fuhren sie los, um in regelmäßigen Abständen wieder vorbei zu donnern.

Bis zu diesem Ereignis genoss ich bei diesem Automobilfabrikat einen guten Ruf als Trainer und Moderator. Dieses Ereignis sorgte dafür, dass sich das änderte. Die Auftraggeber saßen mit im Zelt.

Meine beiden Hörgeräte verstärken diesen Lärm so stark, dass es sich anfühlte, als würden diese Boliden direkt durch mein Hirn fahren. Diese Situation kam so unerwartet über mich wie ein Überfall. Ich habe die Eröffnung und meine Moderation irgendwie zu Ende gebracht. Aber meine Souveränität, meine Qualität war dahin – zumindest für heute. Früher hätte ich eine solche Situation locker gemeistert und spontan reagiert. Doch an diesem Tag war mein erster Einsatz mit Hörgeräten.

Trotz dieses Erlebnisses arbeitete ich weiter. Es gab immer wieder Aufträge, die ich mit meiner Hörtechnik mehr oder weniger gut ausführte.

Auftragsfreie Phasen füllte ich mit Schreib- und Kalkulationsarbeiten für das Kolumbien Projekt aus.

Im Frühling des Jahres 2004 flogen wir, meine Frau und ich, erneut nach Kolumbien. Wir folgten einer Einladung des kolumbianischen Außenhandelsministeriums zu einer mehrtägigen Veranstaltung in Cartagena de Indias. Hier trafen sich deutsche Importfirmen mit Kolumbianischen Exporteuren. Wir flogen von Paris aus nach Bogotá, trafen uns dort mit meinem Geschäftspartner und flogen dann weiter nach Cartagena de Indias – einer von den Spaniern angelegten Festung in der Karibik. Heute ist Cartagena eine Millionenstadt in Kolumbien mit einer historischen Altstadt.

Das Hotel in dem wir übernachteten lag auf einer Landzunge direkt am Meer. Das Klima war im wahrsten Sinne des Wortes umwerfend. Sehr hohe Luftfeuchtigkeit und große Hitze – Waschküche.

Seit ungefähr sechzehn Monaten trug ich zwei Hörgeräte – das am linken Ohr mit besonderer Stärke. Ich bildete mir ein, den Herausforderungen der Tagung mit vielen Gesprächen einigermaßen gewachsen zu sein.

Der Ablauf war von den Veranstaltern so geregelt, dass jeder deutschen Firma für die drei Tage der Veranstaltung bestimmte kolumbianische Firmen zugeordnet waren, die genau nach Plan an unseren Tisch kamen, um ihre Produkte vorzustellen.

Die von meinem Geschäftspartner zugesicherte Dolmetscherin für Spanisch war bis jetzt nicht erschienen.

Das sind die Situationen, die ich liebe. „Nun musst du selbst da durch" konnte dann nur noch die Devise lauten. Zum Glück war meine Frau dabei. Sie hört gut und kann auch besser Englisch als ich. Wir beschlossen auf Englisch zu verhandeln. Die Kolumbianer gingen sowieso davon aus englisch zu sprechen – sie sprachen allerdings sehr viel besser englisch als ich. Na prima.

Unsere ersten Gäste standen schon an unserm Tisch, als wir dort ankamen. Man hatte ihnen eingeschärft, „die Deutschen sind immer pünktlich und legen Wert auf Pünktlichkeit."

Wir kamen irgendwie zurecht. Logischerweise ist es schwieriger eine fremde Sprache zu verstehen als seine eigene Muttersprache. Doch für mich schien es doppelt schwer zu sein. Schnell merkte ich, dass mir das Hörgerät auf der linken Seite fast nichts mehr brachte. Mein Gehör dort war einfach zu schlecht. Dank meiner Frau begriff ich, was die freundlichen Menschen anboten und besprechen wollten.

„Meine Hörtechnik versagt fast völlig in dieser Situation", ließ ich meine Frau wissen. Doch gleich war mir klar, es war mein Gehör, meine Ohren, die nicht mehr mitspielten, da konnte die Technik auch nichts mehr ausrichten".

Nach den Übersetzungen meiner Frau versuchte ich den kolumbianischen Geschäftsleuten selbst zu antworten. Wir hangelten uns durch und waren am Spätnachmittag völlig fertig, fühlten uns aber wie nach einer geschlagenen Schlacht – nicht als Sieger aber auch nicht als Verlierer.

Am nächsten Tag war die Dolmetscherin da – eine deutsche Spanisch-Studentin, die in unserer Niederlassung in Bogotá ein Praktikum absolviert hatte. Jetzt ging es lockerer. Ich konnte deutsch sprechen und sie übersetzte ins Spanische.

Naja, wir brachten die Tagung hinter uns, lauschten den Schlussworten des kolumbianischen Präsidenten, Álvaro

Uribe Vélez, und besichtigten die Sehenswürdigkeiten der alten Stadt Cartagena. Zum ersten Mal sah ich Kolibris in freier Natur, direkt vor dem Hotel an blühenden Sträuchern. Als Höhepunkt bot uns das Außenhandelsministerium noch ein rauschendes Fest in historischer Kulisse, mitten in der Altstadt.

Endlich kam es nicht mehr wirklich darauf an, was ich hörte und verstand. Wir konnten entspannen. Abschließend stellte ich fest, mit meinen Hörgeräten komme ich nicht zurecht, wenn es darauf ankommt. Sie waren aber noch recht neu. So schnell gab es keine anderen. Cartagena erhalte ich in guter Erinnerung. Die Stadt ist sehenswert.

Wieder in Deutschland arbeitete ich weiter als Trainer. Einer meiner nächsten Aufträge führte mich unter anderem nach Dresden. In Dresden war ich viele Jahre nicht mehr gewesen. Mein letzter Aufenthalt hier war Anfang der Neunziger Jahre. Damals lag die Frauenkirche noch in Schutt. Vom gegenüberliegenden Hotel aus konnte ich den Steinhaufen betrachten und fand ihn sehenswert.

Jetzt im Dezember 2004 war ich also wieder in Dresden. Die Stadt hatte sich in den vergangenen zehn Jahren sehr verändert.

Wegen meiner inzwischen schlechten Hörfähigkeit habe ich zu dieser Zeit nur noch wenige Trainings- und Seminarveranstaltungen durchgeführt. Dieses Mal war ich im Auftrag eines europäischen Automobilfabrikats hier. Im Automobilbereich herrschte zu dieser Zeit das Thema „Schnellservice im Kundendienst" vor. Es beanspruchte in Fachzeitschriften viele Seiten für die Diskussion dieses Komplexes. Meine Aufgabe lautete, das Personal für den neu eingerichteten Schnellservice nach den Richtlinien des Fabrikates zu schulen und live am Arbeitsplatz zu trainieren. Training am Arbeitsplatz war und ist eine tolle Sache. Dabei beobachtet der Trainer den Echtbetrieb und gibt den entsprechenden Mitarbeitern anschließend ein Feedback. Früher hatte ich ein solches Training mit Kamera und Mikrophon durchgeführt. Hier in Dresden war der Einsatz dieser Technik nicht vorgesehen. Ich arbeitete mit Notizen.

Beim Schnellservice geht der Kunde ohne Voranmeldung direkt in den dafür ausgeschilderten Werkstattbereich, erklärt dem Mitarbeiter sein Anliegen, der schreibt dann einen Schnellauftrag und führt danach auch gleich die entsprechende Arbeit aus. Meine Arbeit fand dann logischerweise auch in dem separat abgeteilten Werkstattbereich statt.

Wer sich schon einmal in Autowerkstätten aufgehalten hat, der weiß, hier herrscht Hall. Sprache schallt von Betonwänden und der hohen Decke zurück. Kaum ideal für Schwerhörige. Für mich war es der Hörgau. Außerdem gab es viele weitere Nebengeräusche: die Hebebühne fuhr hoch und wieder runter, die Reifenmontage machte viel Lärm, der Kompressor schaltete sich an und wieder ab, das Anschlagen von Gewichten beim Auswuchten von Reifen und sonstige Kleinmaschinen behinderten meine Fähigkeit, die Gespräche mit dem Kunden zu verstehen.

Meine Aufgabe bestand aber genau darin, sehr genau zuzuhören, was der Mitarbeiter sagt, was der Kunde fragt oder anmerkt, wie der Mitarbeiter darauf reagiert und wie gut er auch die vorzunehmende Arbeitsleistung verkauft. Nur aufgrund meiner langjährigen Erfahrung kam ich durch diese beiden Tage. Ich ließ die Mitarbeiter in der Nachbesprechung wiederholen, was der Kunde gesagt hatte und wie er, der Mitarbeiter, damit umgegangen ist. Anschließend gab ich meine Meinung dazu ab. Die eigentlichen Dialoge zuvor konnte ich nur unvollkommen verstehen. Das entsprach nicht ganz meiner Vorstellung von dem, was ich hier tun wollte.

Am Abend des ersten Tages schlenderte ich durch das vorweihnachtliche Dresden. Es schien als sei überall in der Stadt Weihnachtsmarkt. Dresden war nicht wiederzuerkennen. Nach einigem Suchen fand ich auch die Frauenkirche. Sie war so gut wie wieder fertig gestellt. Nur der Innenausbau war noch nicht abgeschlossen. Es ist ein prächtiger Bau. Unweit der Kirche fanden Ausgrabungen statt.
Mir schlug meine Situation auf den Magen. Ich ging zurück ins Hotel. „Wie überlebe ich den nächsten Tag in der Werkstatt mit meinem Gehör und den vielen lauten Nebengeräuschen?" Diese Frage beschäftigte mich sehr.

Doch am zweiten Tag kam mir die Vorweihnachtszeit zur Hilfe. Es kamen im Laufe des Tages nur zwei Kunden in diesen Bereich. Damit konnte ich umgehen. Ich nutze die Zeit, um viel eigene Erfahrung weiterzugeben. Schon am Spätnachmittag trat ich meine lange Heimreise an. Mit dem Auto dauerte es einige Stunden zurück bis ins Saarland. Während der Fahrt grübelte ich lange darüber nach, diese Art von Training aufzugeben. Bisher waren meine Auftraggeber zufrieden – aber ich war es nicht mehr. Ich trug zwei Hörgeräte, sehr moderne Hörgeräte, mit vielen Einstellmöglichkeiten und einer Fernbedienung. In geschlossenen Räumen kam ich noch einigermaßen zurecht. Aber in einer Werkstatthalle verstand ich kaum noch etwas. Ich beschloss, diese Tätigkeit nicht mehr weiterzuführen.

Im Laufe der folgenden Jahre zog ich mich Schritt für Schritt aus dem Trainings- und Seminarthema zurück. Ich nahm nur noch Aufträge an, die mit meiner zunehmenden Schwerhörigkeit zu vereinbaren waren. Im Jahr 2006 gab ich diese Tätigkeit vollständig auf. Das Kolumbien Projekt hatten mein Partner und ich eingestellt. Der Export von frischen Wurstwaren nach Südamerika war zu risikoreich geworden.

Durch einen bestehenden Kontakt bot sich mir die Möglichkeit, für unternehmerische Projekte mit sozialem Hintergrund, Finanzmittel zu organisieren. Dieser Schritt erforderte neue Inhalte zu erlernen und Zusammenhänge zu begreifen, aber – meine Hörfähigkeit reichte dafür aus.

So erhielt ich die Gelegenheit, mich um die Finanzierung eines landwirtschaftlichen Projektes in der äthiopischen Provinz Amhara zu kümmern. Die Hauptstadt dieser Provinz ist Bahir Dar. Diese Stadt liegt direkt am Tana See, einem See in dem sich das Wasser aus dem Äthiopischen Hochland sammelt um dann als blauer Nil bis nach Khartum im Sudan zu fließen, wo es sich mit dem Weißen Nil vereinigt.
Die Armut und Bescheidenheit, die ich hier erlebte, hat mich tief beeindruckt. Es ist ein großer Unterschied, ob ich in meinem Sessel sitze und im Fernsehen Bilder über arme Regionen sehe, oder ob ich direkt damit konfrontiert werde.
Gemeinsam mit den Projektinitiatoren verhandelten wir über ein landwirtschaftliches Projekt für Fleisch- und

Milchproduktion. Hierbei ging es um viele Arbeitsplätze, um eine gute Versorgung der Bevölkerung aber auch um große Landflächen, die benötigt wurden. Als Übersetzer half uns Pater Michael, ein Pater der äthiopischen christlichen Kirche, der früher einmal in Freiburg im Breisgau studiert hatte und deshalb gut Deutsch sprach. Die Menschen in Äthiopien gehören etwa zur Hälfte dem Islam und zur anderen Hälfte dieser alten christlichen Kirche an. Auffallend war die Harmonie im Zusammenleben zwischen beiden Religionen.

Wir verhandelten mit Stammesoberhäuptern und Clanchefs sowie mit der Provinzregierung und deren Fachleuten. Pater Michael wusste von meiner Schwerhörigkeit und sprach meist auch so deutlich, dass ich ihn gut verstehen konnte.

Hier, in einer Höhe von fast neunzehnhundert Metern über dem Meeresspiegel, erlebte ich die gleiche Wirkung wie in den Anden, einige Jahre zuvor in Bogotá. Ich hörte hier besser als in tieferen Lagen. Durch die Aufmerksamkeit von Bruder Michael konnte ich den Verhandlungen und Gesprächen folgen. Manchmal wurde auch in Englisch diskutiert. Auch dabei konnte ich viel verstehen.

Ich war geneigt, dem Pater meine Hörgeräte zu überlassen, um damit Menschen in seinem Land zu versorgen. „Leider", klärte er mich auf, „bringt das keinem etwas, denn eine Versorgung mit Batterien gibt es hier nicht und für die Anpassung steht weder Technik noch Fachpersonal zur Verfügung." Das musste ich einsehen. Aber dieses Thema beschäftigte mich auch später noch.

Bei meinem neuen Hörgeräte Akustiker, zu dem ich noch im gleichen Jahr wechselte, erfuhr ich über eine Sammelaktion von alten Hörgeräten für sogenannte Entwicklungsländer. Dahinter stand dann aber auch eine Versorgungsstruktur.

Vor der Rückreise trafen wir im Flughafen von Addis Abeba noch diverse andere Gesprächspartner. Pater Michael half auch hierbei zu übersetzen. Aber in dieser Flughafenumgebung mit viel Hall hatte ich wieder ernsthafte Schwierigkeiten zu verstehen – auch wenn sich der gute Michael sehr viel Mühe gab.

Zurück in Deutschland suchte ich bald meinen Hals-Nasen-Ohren Arzt auf, um Verbesserungsmöglichkeiten zu besprechen. Der überwies mich in eine Klinik zur Überprüfung der Operationsmöglichkeiten. Ich wählte die nächstgelegene HNO Klinik einfach aus praktischen Überlegungen heraus. Leider erhielt ich auf meine Fragen nach einem Cochlea Implantat nur die Antwort „Das ist für Ihre Situation ungeeignet". Stattdessen bekam ich Ratschläge zu meinen Hörgeräten. „Lassen Sie die noch mal richtig neu einstellen".

Persönlichkeitsveränderung

Es geht ganz langsam, aber du veränderst dich, wenn du schwerhörig bist. Du veränderst deine Persönlichkeit.

Der Zusammenhang ist einfach und logisch. Je weniger du hörst, desto weniger wirst du verstehen. Wenn du weniger verstehst, ergibt es sich zwangsläufig, dass du Antworten oder Kommentare gibst, die nicht ganz auf das passen, was die anderen gesagt haben. du liegst – gelinde gesagt – daneben. Und das hat Folgen.

Wie bin ich damit umgegangen und wie gehe ich noch damit um? Ich habe mich Schritt für Schritt zurückgezogen. Von meinem Naturell her rede ich gern mit, bin manchmal ein Erklärer und führe gerne das Wort. Besonders gerne stelle ich Fragen. „Wer fragt, der führt" habe ich mal gelernt und auch sehr viel in Seminaren vermittelt. Es gehört zu meinem Wesen, viel zu fragen.

Dummerweise ist es mir immer noch nicht ganz gelungen, das abzustellen. Ich habe es noch nicht ganz geschafft. Denn – wer fragt, erhält in der Regel auch Antworten. Nur, was fang ich mit Antworten an, die ich nicht verstehe? „Was fragst Du dann so blöd, wenn du doch sowieso nichts verstehst"? denkt da wohl so mancher. Als Fragender gebe ich den Anstoß für ein Gespräch, gebe ein Thema vor. Und dann merke ich, dass ich nicht mithalten kann, weil ich die Gesprächspartner nicht verstehe, bzw. missverstehe – missinterpretiere. Daraus entwickelt sich in der Regel anstelle eines Gesprächs, ein kleines Chaos, für mich zumindest. Aus dem komme ich dann nur wieder heraus, wenn ich meine Beteiligung am Gespräch mit dem Satz beende

„Entschuldigung, ich wollte mir abgewöhnen, Fragen zu stellen, weil ich die Antworten sowieso nicht verstehe."

Bei der nächsten Gelegenheit, schaffe ich es, mich solange zurückzuhalten, bis ich glaube, doch etwas verstehen zu können oder mein Wunsch, auch mal wieder etwas ins Geschehen rücken zu wollen, so groß ist, dass ich meinen Hinderungsgrund kurzzeitig vergesse. Das Ergebnis ist immer wieder das Gleiche. Pech gehabt.

An anderer Stelle habe ich das schon anklingen lassen. Ich ziehe mich mehr und mehr zurück und beschränke mich aufs Beobachten.

Wie schätzt du einen Menschen ein, der in einer Runde sitzt und kein Wort außer, „kannst Du mir bitte mal den Salat reichen", spricht? Desinteressiert, sehr ruhig, merkwürdig still, unbeholfen, Muffel oder vielleicht auch arrogant.

Meine Persönlichkeit änderte sich im gleichen Tempo, wie sich meine Schwerhörigkeit verstärkte.

Ich liebe es unter Menschen zu sein – doch ich meide diese Situation mehr und mehr. Ich ziehe mich zurück – ich bin dann nicht nur in einzelnen Situationen zurückgezogen, ich lebe dann auch mehr und mehr zurückgezogen.

Bei irgendwelchen Veranstaltungen stehen Menschen in Grüppchen beisammen und unterhalten sich – Small Talk – vor Beginn oder in Pausen. Wo stehe ich dann? Bin ich allein, stehe ich irgendwo am Rande, in der Hoffnung, dass mich keiner anspricht. Bin ich gemeinsam mit meiner Frau, stehe ich höflich neben ihr, nicke freundlich, beteilige mich aber nicht. Wie das von anderen, die mich nicht näher kennen, interpretiert wird, kann ich nur vermuten – „unhöflich" oder „desinteressiert" lauten da die noch wohlmeinenden Einschätzungen.

Meine Persönlichkeit hat sich verändert. Ich bin menschenscheu geworden, unterhalte mich nicht mehr und meide Menschenansammlungen - verlerne angeregt mitzureden. Im gleichen Maße reagiert meine Umwelt auch angemessen. Ich werde weniger angesprochen, weniger gefragt und fühle mich „geduldet". Das schwächt zusätzlich mein Selbstbewusstsein.

Ich bin ein völlig anderer Mensch geworden, gemessen an der Zeit, in der ich noch normal gehört habe.
Mein Ziel habe ich ganz klar vor Augen. Ich will diese Entwicklung wieder rückgängig machen – mit einem Cochlea Implantat.

Mit unseren Hunden und Katzen spreche ich derzeit mehr als früher. Deren Antwort kann ich von den Augen ablesen. „Was laberst Du da wieder??"

Der letzte Whisky

Fünf Wochen nach der Implantation sollte mein neues Hören mit dem Cochlea Implantat beginnen. Die Naht der Operation war abgeheilt und kaum noch zu sehen. Die Haare am Hinterkopf waren nachgewachsen. Den Tag, an dem ich endlich das zum Implantat gehörende Gerät erhalten sollte, konnte ich kaum noch abwarten. Ich wurde ungeduldig wie ein kleines Kind. Dieser Sound Prozessor, wird wie ein überdimensioniertes Hörgerät auf dem Ohr getragen. Ein Kabel mit Magnetspule sitzt dann am Kopf über dem Implantat. Erst durch den Sound Prozessor wird Hören mit dieser Technik möglich. Ich war sehr gespannt darauf. Jetzt stand mir der wichtigste Teil meiner persönlichen Hörgeschichte bevor, der Weg zurück zum Hören. Das wollte ich jetzt erleben.

Wie werden sich die ersten Geräusche über dieses technische Hilfsmittel anhören? Funktioniert das überhaupt alles? Bisher konnte ich den Erfolg der Operation ja noch nicht wirklich wahrnehmen. Ist mein Hörnerv wirklich noch soweit in Ordnung, dass ich ihn mit Hilfe des Implantats und des Gerätes am Kopf nutzen kann? Ja doch – es wurde ja vorher alles getestet.

Auch wenn mich diese Fragen beschäftigten, war ich doch sehr zuversichtlich. Ich konnte es jedoch kaum noch erwarten und wollte endlich diesen für mich neuen Prozess beginnen und mit dem Cochlea Implantat neu hören lernen. Im Vorfeld hatte ich bereits positive Gespräche mit zwei Damen geführt, die ein solches Gerät tragen. Eine Dame trug es erst seit sehr kurzer Zeit, die andere bereits seit Jahren. Beide Gespräche hatten mich in meiner Entscheidung unterstützt, diese Kopfoperation durchführen zu lassen. Auch ich wollte in Zukunft anderen Mut machen, diesen Schritt zu gehen.

Bei einer Geburtstagsfeier, noch vor diesem entscheidenden Tag, erlebte ich noch einmal alle bisherigen Einschränkungen und auch die bekannte Einsamkeit unter Freunden. Meine direkten Nachbarn konnte ich nicht verstehen, aber einen Herrn, der sehr weit von mir entfernt saß, verstand ich. Er war ein lauter Sprecher und bediente vermutlich genau die Frequenzen, die ich noch gut aufnehmen konnte. In Erwartung der bevorstehenden Hörverbesserung durch mein Cochlea Implantat verhielt ich mich schon ein wenig kecker. Vermutlich glaubte ich, allein die Aussicht auf Verbesserung erlaube es, mein Verhalten bereits zu verändern. Faktisch hatte sich mein Hören ja noch nicht verbessert. War das schon der Beginn einer neuen Persönlichkeitsveränderung? Vielleicht hatte mir auch nur der Wein gut geschmeckt.

Mit Facebook Gruppen zu „Schwerhörigkeit, Cochlea Implantat und anderen verwandten Themen" hatte ich Kontakt aufgenommen. Überrascht war ich, umgehend kleine Erfahrungsberichte von Gruppenteilnehmern erhalten zu haben mit jeder Menge Zuspruch für mein Leben mit Cochlea. Danke dafür.

Am siebten Juli 2015 war es endlich soweit. Im Cochlea Implantat Centrum – kurz CIC, einem Bereich der Nachsorge der Hals-Nasen-Ohren Klinik, hörte ich zum ersten Mal nach vielen Jahren wieder mit meiner linken Seite. Ich bekam mein Naida CI Q70 Gerät, den Sound Prozessor, der auf dem Ohr getragen wird. Damit konnte ich zum ersten Mal Töne wahrnehmen.

Es begann mit dem Zusammenbau der Elemente des Prozessors und der anschließenden Justierung. Ich achtete schon immer darauf, dass die technische Entwicklung mein Vorstellungsvermögen nicht überholt. Es blieb wohl ein permanenter Wettlauf zwischen dieser Entwicklung und mir. Offenbar ließ sich nach Anbringung meines neuen Gerätes am Kopf und einer Kabelverbindung mit einem PC ablesen, wie weit mein Hörnerv Bündel dazu, bereit war, mit dem Soundprozessor zusammen zu arbeiten. Entsprechend konnte dann die Anpassung vorgenommen werden.
Für mich war es sehr erhebend, plötzlich deutlich auf der linken Seite Töne bzw. Geräusche wahrzunehmen. Das allein war schon mal ein toller Schritt.
Von vielen Seiten wurde ich ermahnt, Geduld haben zu müssen, mein Hörnerv braucht Zeit, um wieder differenziert zu arbeiten. Diese Geduld war ich bereit aufzubringen – der Nerv offenbar auch.

Nach diversen Einstellungen erfolgte ein erstes kleines Hören. Das schien mir die eigentliche Herausforderung zu sein.

Es begann damit, kurze und lange Töne zu erkennen und zu benennen. Das mag banal klingen, aber für die ersten Wahrnehmungen auf meiner linken Seite war das durchaus etwas Neues. Eine Steigerung des gerade Gelernten waren dann Töne in unterschiedlicher Höhe, gefolgt von jeweils zwei aufeinander folgenden Tönen, die ich in ihrer Tonhöhe unterscheiden bzw. zuordnen musste. Das klappte auch. Offenbar war mein linker Hörnerv noch intakt.

Wie hört sich das denn nun an, wenn die ersten Töne über ein Cochlea Implantat gehört werden? Meine persönliche Wahrnehmung versuche ich hier zu schildern.

Als Kinder haben wir Telefone gebastelt. Dazu benötigten wir eine Schnur, die an jedem Ende durch Knoten in der Mitte der Böden alter Blechdosen befestigt wurde. In der Regel nahmen wir alte leere Konservendosen, die wir irgendwo fanden – an einem Ende vielleicht eine eher flache Fischdose und am anderen Ende eine Erbsendose. Da ich den Fischgeruch schon als Kind nicht mochte, habe ich Fischdosen immer abgelehnt. In die Dosen hatten wir mit einem spitzen Gegenstand und einem Stein, der als Hammer diente, Löcher geschlagen und durch diese Löcher dann die Schnur gezogen. Ein dicker Knoten auf beiden Seiten des Lochs sorgte dabei für Halt und die notwendige enge Verbindung zwischen Schnur und Dose. Je länger die Schnur war, die wir auftreiben konnten, desto größer wurde der Abstand zwischen uns Freunden. Ganz ideal war die Situation, wenn wir uns mit unseren normalen Stimmen nicht mehr hören konnten. Die Schnur musste gespannt sein. Mein Spielkamerad sprach in die Fischdose und ich hielt meine Erbsendose ans Ohr. So stellen wir eine „Telefonverbindung" her.

Ich hoffe nicht, dass durch dieses Kinderspiel die Grundlagen meiner Schwerhörigkeit gelegt wurden. Aber wenn Ihr Euch dieses Spiel akustisch vorstellen könnt, kommt das dem ersten Hören mit meinem Cochlea Implantat sehr nahe.

Ein weiterer Vergleich, der mir zum ersten Hörerlebnis einfällt: Stell dir ein Metallrohr in möglichst großer Länge vor - zehn Meter oder mehr. An einem Ende spricht oder ruft jemand hinein. An das andere Ende hältst du dein Ohr. Wie ich schon oben angedeutet habe, es ist erhebend.

Um diesen Tag noch abzurunden – das Hörtraining begann. Es versteht sich von selbst, dass beim Hörtraining das noch hörende Ohr verschlossen werden muss. Hören von Sprache ist etwas ganz anderes als das Hören von Geräuschen. Sprache ist bedeutend anspruchsvoller.

Mir wurden Zahlen, die ich gleichzeitig ablesen konnte, vorgelesen. Diese Zahlen sollten verstanden werden. Anschließend wurden diese Zahlen in willkürlicher Reihenfolge vorgelesen und ich sollte sie erkennen und nachsprechen. Das gelang weitgehend, mit der Geduld meiner Trainerin und mit meinem Willen wieder hören zu lernen.

Für den am ersten Tag erzielten Fortschritt wurde ich gelobt. Das tat mir gut. Ich hoffte auf mehr – mehr Fortschritt und Lob. Alle gaben sich sehr viel Mühe mit mir.

Der folgende Tag begann mit einem Hörtest. Da ich zunächst davon ausging, mit meinem neuen „AB Naida" noch nicht wirklich hören zu können, verstand ich noch nicht, was da getestet werden sollte. Doch die Dame, die den Test durchführte, klärte mich dazu auf. Die Töne, die ich bereits hörte, hatten noch nichts mit dem Verstehen von Sprache zu tun. Töne konnte ich bereits hören und wenn ich das richtig verstanden habe auch schon recht ordentlich. Ich konnte nichts Besonderes bei mir feststellen, aber die Hörtesterin war völlig aus dem Häuschen. Sie konnte es kaum fassen, wie gut das CI bereits funktionierte – oder besser gesagt, wie gut mein Hörnerv bereits arbeitete. Der Hörtest zeichnete lediglich die Hörbarkeit der einzelnen getesteten Frequenzen auf.

Wieder wurde mein neues Gerät der Entwicklung meines Hörnervs angepasst. Banal gesagt könnte ich es „Lauterstellen" nennen, doch es war bedeutend komplexer. Hier ging es um eine Feinabstimmung in allen technisch möglichen Frequenzbereichen. Bei diesem Vorgang begriff ich, dass es tatsächlich einen Fortschritt innerhalb von einem Tag gegeben hatte.

Es folgte, wie schon am Vortag, ein weiteres Hörtraining. Mein noch hörendes rechtes Ohr wurde erneut verschlossen. Wir begannen mit Tieren. Ich hatte zunächst Probleme. Doch langsam verstand ich einzelne Tiernamen, die ich gleichzeitig auf meinem Blatt Papier mitlesen konnte. Wie schon am Tag zuvor, hörte ich eine weit entfernte blecherne Computerstimme sprechen.

Es folgten Berufe. Vokale verstand ich anfangs besser als Konsonanten. Diese Situation kannte ich ja nun schon seit Jahren – mehrsilbige waren leichter als einsilbige Wörter zu verstehen. Da entstanden beim Hörvorgang in meinem Kopf ganz neue Berufe: „Rübenheber" war z.B. ein so neu geschaffener Beruf. Fliesenleger stand auf dem Papier.

Das ging am dritten Tag so weiter: Gerät anpassen und Hörtraining. Von Mal zu Mal stellte ich winzig kleine Fortschritte im Hörverstehen bei mir fest. Ebenso wuchs in mir die Gewissheit, „da benötige ich noch verdammt viel Geduld".

Wieder zu Hause, übte ich nun täglich gemeinsam mit meiner Frau und merkte, wie schwankend die Hörergebnisse bei mir waren.

Beim Hörgeräteakustiker ließ ich einen Abdruck meines rechten, noch hörenden Ohrs machen. Fürs Hörtraining muss ein Verschluss hergestellt werden. „Das Gehirn sucht sich immer den bequemsten Weg" wurde mir dazu gesagt. Für das Hörtraining musste mein Gehirn einen neuen, ungewohnten Weg entwickeln.

Die Welt wurde lauter. Drei Wochen trug ich mein Cochlea Sound Gerät nun auf dem linken Ohr und nahm damit meine Umwelt neu wahr. Es hatte sich etwas verändert. Die Welt war für mich langsam aber stetig lauter geworden. Bewusst wurde es mir, wenn ich beim Schreiben am Computer das Klappern der Tastatur deutlicher hörte.
Morgens, ja besonders morgens, hörte ich Geräusche lauter als abends. Morgens hörte ich inzwischen die Küchenuhr. Es ist ein Klacken, jede Sekunde, klack, klack klack. Das hatte ich früher nie gehört, auch nicht mit zwei Hörgeräten.

Ich wohne auf dem Land, da ist es ruhig denken Viele. Traktoren auf den Feldern der gegenüberliegenden Seite des Dorfes und auch Erntemaschinen, Bagger auf dem Friedhof in der Nähe und Lastwagen aus der Dorfmitte hörte ich.

Mehrfach täglich übte Ich, mit geduldiger Unterstützung meiner Frau, vorgegebene Trainingstexte. Immer noch hatte ich kein Ohrstück, um mein rechtes Ohr dicht zu verschließen. Mit Schaumstoffstöpseln und zusätzlichem mit einem Finger im Ohr, versuchte ich dieses Ohr auszuschalten.
Schritt für Schritt gab es Verbesserungen. Sie kamen langsam, aber sie kamen. Beim Spazierengehen mit Frau und

Hund nahm ich mein Hörgerät rechts ab. Ich glaubte, dadurch mein Gehirn mehr auf der Cochlea Seite zu trainieren. Denn immer wieder erinnerte ich mich an die Aussage aus dem Hörtraining: „Das Gehirn nimmt immer den bequemeren Weg". Ohne Hörgerät rechts wurde mein Gehirn auf der linken Seite mehr gefordert. Es wurde rechts unbequemer und somit hoffte ich, die Verknüpfungen für die neue Hörseite zu erleichtern.

Seit einigen Jahren benutzte ich beim Fernsehen bereits den ComPilot von Phonak als direkte Tonübertragung auf meine Hörgeräte. Da mein Naida CI mit der Phonak Technologie kompatibel ist, konnte ich es auch für die Übertragung auf meinen Naida Sound Prozessor verwenden. Also benutzte ich es auch fürs Hörtraining. Das konnte ich völlig unabhängig ohne sonstigen Trainer machen.

Eine komplette Talkshow konnte ich mir auf diese Weise „anhören." Dazu stellte ich den normalen Ton am Fernsehgerät ab und nahm außerdem mein Hörgerät rechts vom Ohr.

Ausschließlich über mein Cochlea Implantat konnte ich jetzt den Fernsehton hören. Da erlebte ich verschiedene Stimmen und manchmal auch schon Stimmungen und versuchte zu begreifen, worum es eigentlich ging. Ich musste allerdings sehr viel Geduld bei diesem Training aufbringen. Aber hin und wieder verstand ich ein Wort, manchmal halbe Sätze und je nach Sprecher auch schon mal einen ganzen Satz. Je länger ich das übte, desto mehr verstand ich.

Leider hörte sich immer noch alles sehr leise und blechern an. Stimmen konnte ich kaum oder nur selten unterscheiden. Da fiel es mir schwer, mir vorzustellen, später einmal Sprache und Stimmen normal hören zu können. „Du bist ja erst am Anfang" tröstete mich dann meine Frau. Da hatte sie sicher recht, hatte ich mir doch vorgenommen, geduldig zu bleiben.

Beim Autofahren stellte ich plötzlich fest, dass das Innengeräusch im Fahrzeug lauter war, als ich bis dahin glaubte. Außerdem schlug der Scheibenwischer hart auf – nach meinem Empfinden jedenfalls.
Musik aus dem Nebenzimmer hörte ich inzwischen, noch nicht so, dass ich sie erkannte, aber ich hörte sie.
Und noch etwas war völlig neu für mich. Ich bildete mir ein zu hören, aus welcher Richtung ein Geräusch kam. So ganz sicher war ich mir dabei noch nicht. Aber ich erkannte, dass sich etwas entwickelte. Ich freute mich auf die nächste Aktion, eine Autorenlesung.

Jährlich veranstaltet die Stadt Wadern gemeinsam mit Partnern die „Waderner Buchwoche". Da dreht sich alles um Bücher und ums Lesen. Im Rahmen dieser Buchwoche fand im Restaurant des örtlichen Einkaufszentrums eine kulinarische Autorenlesung statt.

Unterschiedlichste Autoren waren in den letzten Jahren dort zu Gast. Wir gingen gerne dort hin – fast immer kaufte ich mir dann das Buch aus dem gelesen wurde und ließ es mir vom Autor signieren. Der vielleicht bekannteste Gastautor war vor einigen Jahren Ulrich Kienzle, langjähriger TV Nahost Korrespondent mit Standort Beirut.

Bei den vergangenen Veranstaltungen hatte ich zunehmend Probleme, die lesenden Autoren auch zu verstehen. Trotz Mikrofon und diversen Lautsprecherboxen reichte meine Hörgeräteversorgung nicht aus.

Nun war ich zum ersten Mal mit meinem Cochlea Implantat bei einer solchen Lesung. Sehr gespannt wartete ich darauf, wie das für mich funktionieren würde. Vorsichtshalber hatte ich meinen ComPilot mitgenommen, die Hör-Unterstützung über eine Hörschleife um den Hals. Ein Teil des Systems ist der Sender, der am Verstärker eingesteckt werden muss. Per Funk wird dann der Ton zum ComPilot mit der Halsschleife weitergeleitet. Diese Halsschleife wiederum funkt dann sowohl an mein Cochlea Gerät als auch an mein Hörgerät. Doch die beiden Tontechniker mussten mich leider enttäuschen. In ihrer Anlage gab es keine passende Buchse für den Stecker des ComPilots. „Wenn wir das vorher gewusst hätten, hätten wir einen Adapter mitgebracht."

Zu meinem Erstaunen kam noch die Frage „wollen Sie da rein sprechen?" „Nein, natürlich nicht, ich will damit hören" war meine Reaktion. „Hören? Wieso hören?" Erst jetzt stellte es sich heraus. Die Tontechniker meinten, ich sei der Referent, der Autor. Nachdem das geklärt war, versprachen Sie im nächsten Jahr einen Adapter mitzubringen. „Da bin ich mal gespannt".

Das vorgestellte Buch hatte den Titel „Der letzte Whisky", ein kulinarischer Krimi, der in Schottland spielt, vorgelesen vom Autor *Carsten Sebastian Henn*. Das passende Essen dazu war dann auch Schottisch und der Nachtisch enthielt angeblich auch Whisky. Es muss wohl wirklich der letzte Whisky gewesen sein, denn zu trinken gab es keinen Whisky. Der Autor trat im schottischen Kilt mit weiteren typisch schottischen Accessoires auf.

Der Abend mit diesem Vortrag begann mich zu amüsieren. Ich hatte einen guten Platz von dem aus ich alles gut verfolgen konnte. Die authentischen, vom Autor zwischen gestreuten Erzählungen hatten Witz und ließen meine Schwerhörigkeit vergessen. Ja, erst nach einer ganzen Weile wurde mir bewusst, dass ich einfach so zuhören konnte. Ich verstand fast alles. Es machte die Kombination aus, bestehend aus meinem Hörgerät rechts und meinem Cochlea Implantat links. Allein mit dem CI hätte das noch nicht funktioniert, aber beim Hörverstehen half es schon sehr aktiv mit.

Das hätte ich gerne gefeiert, doch dazu fehlte leider der Whisky.

Wöchentlich fuhr ich zwei Mal nach Homburg zu Hörtrainings und hin und wieder zu weiteren Anpassungen des Soundprozessors an meine Hörentwicklung. Sieben Wochen zuvor erhielt ich den Soundprozessor für mein Cochlea Implantat. Anfangs hatte ich vermutet, es sei ein mühsames Tragen im Sinne von „Lasten tragen". Doch sehr schnell konnte ich feststellen, dass das Tragen des CI Prozessors zur Selbstverständlichkeit wurde.

Morgens gehörte es inzwischen zu meinem festen Ritual, direkt nach dem Aufstehen, den Soundprozessor anzulegen. Und abends, wurde es zu meiner letzten Handlung, ihn vor dem Schlafengehen wieder abzulegen. Es ist zu einem Teil von mir geworden – zumindest tagsüber.

Ich erinnere mich gut an den Moment, als mir der Sprachprozessor zum ersten Mal angelegt wurde. Es war ein behutsames erstes Hören von Tönen, die ich, wie bereits beschrieben, mit einem Blechdosentelefon meiner Kindheit verglichen hatte. Mit der Zeit erlebte ich eine ständige Entwicklung von Anpassung zu Anpassung.

Zum Wort Anpassung hatte ich vor dem Cochlea Implantat völlig andere Vorstellungen. Ich habe mich im Laufe meines Lebens vielfach an veränderte Lebenssituationen angepasst. Nach beruflichen Veränderungen habe ich mich den neuen Herausforderungen angepasst. Meine Vorstellung bezog sich auf „sich anpassen". Einer der sich anpasst wird auch mit dem gleichbedeutenden Fremdwort Opportunist bezeichnet – häufig auch beschimpft.

Hier bedeutete Anpassung, eine Anpassung meines Cochlea Implantat Sprachprozessors an die Entwicklung meines Hörnervs bzw. meines Gehirns. Anpassung an die nun wieder von links ankommenden Geräusche und Sprache in meinem Gehirn. Dieser Vorgang war sehr wichtig für mich. Zwischen zwei Anpassungen lagen Tage oder auch Wochen intensiven Hörtrainings. Die Qualifikation und Vorgehensweise der Damen des Cochlea Zentrums, die mit mir trainierten will ich hier gerne loben, besonders aber den Einsatz und die Geduld meiner Frau, die sich täglich mit mir abmühte. Das gemeinsame Ziel war immer, Sprache nicht nur zu hören, sondern zu verstehen.

Unmittelbar spürbare Entwicklungsschritte empfand ich durch die Anpassungen des Sprachprozessors. Es war für mich jedes Mal ein Ereignis, zu erleben, wie nach einer Anpassung alles noch besser funktionierte. Geräusche habe ich ja recht früh wieder hören können, aber Sprache ist um ein Vielfaches komplexer – ich kann es nicht oft genug wiederholen. Von Mal zu Mal verbesserte sich mein Sprachverstehen weiter. Jeder Frequenzbereich wurde genau so dosiert, dass er meiner aktuellen Situation entsprach.

Dank der Unterstützung aller, war ich nach sieben Wochen bereits soweit, langsam und deutlich vorgelesene Artikel aus einer Zeitung, über mein Implantat zu verstehen.
Ich nutzte weiterhin die Möglichkeit, über meinen ComPilot Fernsehsendungen direkt auf den Sprachprozessor zu leiten. Es begeisterte mich, jetzt schon ganze Sätze von Moderatoren zu verstehen – Sätze, die nicht speziell für Träger von Cochlea Implantaten formuliert wurden.
Mein Umfeld wunderte sich dann schon mal, wenn ich vor dem stumm geschalteten Fernseher saß, ein angestrengtes Gesicht machte und hin und wieder begeisterte Äußerungen von mir gab. Es wirkte, wie der alte Trottel, der ab und zu mal was versteht – genau so war es wohl auch. Zum Glück.

Nach vielen weiteren Aufenthalten im Cochlea Implantat Centrum mit wöchentlichen Hörtrainings und Anpassungen verbesserte sich mein Hörverstehen. Inzwischen war die Zeit der schönen Herbsttage gekommen. Ich liebe die Natur zu dieser Jahreszeit. Dicke weiße Wolken zogen am blauen Herbsthimmel vorüber und sorgten manchmal für kurze Schattenzeiten. Die Temperatur lag schon deutlich unter zwanzig Grad, aber es war angenehm zu gehen oder gar zu wandern.
Schon als Kind habe ich diese Stimmung geliebt.
Ganz wesentlich zu dieser Herbststimmung tragen Laubbäume bei. Das Rauschen der Blätter im Herbstwind versetzt mich in eine schwer zu beschreibende Stimmung. Es ist eine Mischung aus vielerlei, zum Teil sich widersprechender Gefühle. Zum einen ist es Heimat und Wohlbefin-

den, Nestgefühl unter einem sich im Wind wiegenden Baum zu sitzen und das Rauschen in sich aufzunehmen.

Es ist aber auch Rückblick, Gedanken an zurückliegende Jahre und Bilder an vergleichbare Situationen unter blätterrauschenden Bäumen – in der Kindheit, in meiner Jugendzeit und in vielen anderen Situationen meines Lebens an unterschiedlichen Orten.

Ein Bild kommt mir in Erinnerung. Ich sitze auf einer Bank unter Pappeln und Birken in Bad Buchau am Federsee in Oberschwaben. Hier habe ich einen schönen Teil meiner Jugend verbracht. In dieser einzigartigen Landschaft, einem Hochplateau mit großem Moorgebiet, gibt es immer viel Wind. Ich sehe mich dort, damals völlig entspannt vor mich hin träumen. Meine Gedanken und Wünsche schweiften in die Ferne, in begehrenswerte Regionen unserer Erde. Wehmut und Fernweh sind Gefühlsfetzen, die mich da unter den Bäumen streiften.

Jetzt, viele Jahrzehnte später, saß ich bei geöffneter Tür in meinem kleinen Büroraum, mit Blick in den Garten und in die sich im Wind bewegenden Bäume. Hin und wieder ging ich hinaus unter die Bäume und lauschte der Buche, dem Walnussbaum, den Ulmen und Birken.

Mit meinem rechten Ohr konnte ich Blätterrauschen noch im vermeintlichen Originalgeräusch wahrnehmen. Immer wieder aber hielt ich mir das rechte Ohr zu, um mit meinem seit zweieinhalb Monaten aktiven Cochlea Implantat links zu hören. Auch damit konnte ich das Rauschen der Blätter hören. Es war aber noch leiser und es klang derzeit wohl eher wie ein auf- und abschwellendes Knistern und Rascheln mit Papier oder Folie. Ich empfand es eher als technisches oder elektronisches Geräusch. Doch war es auch jetzt schon ein angenehmes Knistern und Rascheln – vielleicht weil ich positive Gefühle damit verknüpfte. Zuvor hatte ich links gar nichts gehört. Menschen die schon länger ein Cochlea Implantat tragen haben mir berichtet, dass der normale Klang, das Volumen – in Sprache und in Geräuschen – mit der Zeit kommt. Auch schon nach dieser kurzen Zeit hatte ich den Eindruck oder die Einbildung, bereits auf dem Weg dahin zu sein. Meine Zuversicht wuchs.

Die Sonne schien durch das Blätterdach und zeichnete ein helles sonniges Muster. Der Schatten der Blätter bildete den Kontrast als Scherenschnitt auf dem Boden. Wenn der Wind in die Bäume blies, begann das Muster zu tanzen, zu wogen wie auf einem Meer. Mir gefiel das.
Ich bin ein Herbstkind – zu dieser Jahreszeit wurde ich geboren. Astrologen bilden da Zusammenhänge zwischen der Jahreszeit der Geburt und den Vorlieben für Jahreszeiten und deren Witterung. So eng sehe ich das aber nicht.

An einem Samstag im Herbst 2015 kam der Hörbus des Deutschen Schwerhörigen Bunds auf den Marktplatz in Homburg. Für Interessierte wurde ein kostenloser Hörtest angeboten, durchgeführt und interpretiert durch qualifiziertes Personal der HNO Klinik Homburg. Auch einige Träger von Cochlea Implantaten standen für Gespräche bereit. Ich selbst hatte das Vergnügen, ebenfalls dabei sein zu dürfen.

Schon während der Aufbauzeit des Hörbus-Standes und vor Beginn der Öffnungszeit standen einige Menschen dort, um einen Hörtest durchführen zu lassen. Solch ein Hörtest ist nicht per Knopfdruck durchgeführt. Er benötigt einfach Zeit. Ein- und Aussteigen auch von Gehbehinderten, Erklärungen für die Testwilligen und die eine oder andere Verständigungshürde eingerechnet, dauerte so ein Hörtest meist zehn bis fünfzehn Minuten. Da bildete sich rasch eine Warteschlage.

Der leitende Klinikdirektor und sein HNO Team gingen in Einzelgesprächen auf alle Themen und Fragen der Menschen in und außerhalb der Warteschlage ein.
Die Träger der Cochlea Implantate, also auch ich, gaben als Betroffene Auskunft zur CI Operation und zum neuen Hörerfolg durch das Cochlea Implantat. Ich hatte den Eindruck, dass die Menschen auch wirklich daran interessiert waren, authentische Erlebnisberichte von uns Betroffenen zu erhalten.

Eine Dame aus der Warteschlange zum Hörtest, verriet mir „mein Mann hat mich geschickt, ich selbst habe nicht den Eindruck, schwerhörig zu sein." Für sie und wohl auch für einige andere Testteilnehmer gab es dann jedoch die eine oder andere Überraschung. Jeder Hörtest wurde vom Fachpersonal interpretiert und den betroffenen Menschen erklärt.
Auch der Dame, die von ihrem Mann geschickt worden war, wurde deutlich, was ihr Mann wohl schon wusste – auf beiden Ohren hatte sie in bestimmten Frequenzen einen deutlichen Hörverlust.

Für mich war es rundum ein gelungener Vormittag. Einigen interessierten Besuchern konnte ich Auskunft über meine Hör-Geschichte und meine heutige Situation geben. Ich lernte andere CI Träger kennen und konnte an ihren Erfahrungen wie zum Beispiel zur Dauer des Hör-Lernprozesses teilhaben.

Mein Selbstvertrauen wuchs mit meinem Sprachverstehen. Mehr und mehr traute ich mir weitere Herausforderungen für mein neues Hören zu.

Die Zeit zwischen Mitte September bis Mitte Oktober ist für unsere Familie die Zeit der vielen Geburtstage. In diesem Zeitraum häufen sich die Geburtstagsfeiern – das ist einerseits wundervoll aber andererseits auch anstrengend. Ich bin inzwischen in einem Alter, in dem ich gerne feiere, aber auch gerne wieder heimgehe.

Bevor ich mein Cochlea Implantat trug, zog ich mich bei Feierlichkeiten sehr zurück, da ich mich nicht unterhalten konnte. Ich hatte mich im Kreis der Gäste immer einsam gefühlt, obwohl sich alle Mühe gaben, mich in Gespräche einzubeziehen. Dass meine bisherige Hörgeräteversorgung nicht mehr ausreichte, habe ich schon mehrfach beschrieben. Seit drei Monaten hörte ich nun mit der neuen Hörtechnik. Was hatte sich verändert?

Ich hörte links mit dem CI viel – viel mehr als mit dem rechten Ohr, an dem ich ein Hörgerät trage. Vor allem hörte ich Geräusche der Natur wieder gut – Vogelgezwitscher, Bachplätschern und Blätterrauschen. Sprache verstand ich mit dem CI inzwischen auch recht gut, auch bei Nebengeräuschen. Aber wie war das nun mit den Geburtstagsfeten?

Mein CI schaltete ich auf den sogenannten Ultra Zoom. So hörte ich vorrangig Sprache nur von vorn – da wo sich meine Gesprächspartner aufhielten. Mein Hörgerät rechts half insgesamt mit.

Auch im Lärm konnte ich mich unterhalten – sicherlich nicht ganz so gut wie normal hörende Mitmenschen, aber ich konnte mich unterhalten, auch beim Geräuschpegel einer Zweimannband. Mir fiel auf, dass auch Menschen mit Normalgehör hier und da Probleme hatten, sich zu verständigen. Laut genug war es.

Irgendwann sprach mich ein anderer Geburtstagsgast an, eine Dame die dereinst bei AB, dem Hersteller meines Cochlea Implantats gearbeitet hatte. Ich war ihr aufgefallen. Sie hatte noch reges Interesse am Thema und befragte mich ausgiebig. Die Welt scheint wirklich klein zu sein.

Wie schon bei anderen Anlässen beschrieben, sorgte mein Hörgerät rechts auch hier für das Klangvolumen und mein Cochlea Implantat links lieferte die für das Sprachverstehen so wichtigen Frequenzen – Arbeitsteilung nenne ich das. Jedenfalls konnte ich mich bei Lärm unterhalten, was früher nicht ging.

Was das für mich bedeutete, kann nur jemand einschätzen, der selbst eine Hörbeeinträchtigung hat. Ich habe wieder Mut zu Gesprächen gefunden. Es war wunderbar aber auch ein bisschen anstrengend für mich. Nach fünf Stunden Dauerbeschallung und etwa ebenso vielen Stunden Unterhaltungen merkte ich, dass mein Gehirn mit Streik drohte. Fünf Stunden waren ja auch genug. Wir fuhren heim.

Im Display der Armaturen meines Autos erschien plötzlich eine Anzeige „Reifendruck prüfen" und anschließend wurde mir der aktuelle Reifendruck jedes einzelnen Rades angezeigt.

Toll, solche Hilfsmittel, da frage ich mich, wie die Welt bisher in ca. 120 Jahren Automobilbau ohne diese Einrichtung zurechtkam.

Aber mir stand noch eine weitere technische Überraschung bevor. Da ich gerade bei einem großen Supermarkt mit großer Tankstelle und Waschanlagen vorbei kam, nutzte ich die Gelegenheit, den Reifendruck zu korrigieren.

Doch was war das? Vertraut war mir das klassische mobile Reifendruckgerät, dass ich nach Gebrauch wieder auf das Ventil der Kompressor Leitung hänge. Man sagt diesem Gerät zwar nach, es sei nicht sehr genau, aber es hat seit Jahrzehnten immer funktioniert.

Nun, hier überraschte mich ein mir fremdes System, in Zapfsäulenhöhe, fest montiert, aber nur mit verdeckt einsehbaren Druckknöpfen und einer Anzeige sowie einem langen Schlauch mit stabilem Aufsteckteil für das Reifenventil. Da ich ein Mann bin, las ich nicht erst die Anleitung sondern schritt sofort zur Tat. „Wie soll das funktionieren? Vom Rad aus kann ich nicht auf die Anzeige sehen", dachte ich mir.

Doch dann fiel mir schließlich doch noch das Hinweisschild auf. „Bitte den Schlauch einfach auf das Ventil stecken, bis der Piepton kommt." Ihr ahnt jetzt schon, was da kommt.

Zunächst zweifelte ich daran, dass dieses Gerät weiß, welchen Reifendruck mein Fahrzeug auf den jeweiligen Achsen benötigt. Mir scheint dieser Zweifel auch heute noch berechtigt. Doch ich versuchte es selbstverständlich. Betroffen ist laut Armaturenanzeige ein Rad auf der rechten Fahrzeugseite. Also zog ich den Schlauch um das Fahrzeug herum, ging in die Hocke neben das Rad und steckte den Schlauch auf das Reifenventil. Zwischen diesem für mich neuem Wundergerät und mir befand sich mein Auto als Sicht- und auch Hörbarriere.

An Tankstellen ist es nicht immer sehr ruhig, erst recht nicht an Großtankstellen. Das war auch hier so. Ich wartete also auf den Piepton – vergebens, trotz Cochlea Implantat. Menschen mit Hörbeeinträchtigung sollten meines Erachtens solche Reifendruckgeräte meiden. Sollte dieses Teil je einen Ton abgegeben haben, so habe ich ihn nicht gehört. Also fahre ich weiter und mein Auto ist der Meinung, dass der Reifendruck immer noch nicht stimmt.

Dort, wo ich sonst meistens tanke, prüfte ich erneut den Reifendruck und korrigierte ihn auf bewährte Weise. Das Kontrollsystem meines Fahrzeugs schien nun zufrieden zu sein, ich auch.

Fazit: Technischer Fortschritt ist etwas Tolles, besonders wenn er allen zugänglich ist. Oder: Ich habe das System nicht begriffen und auch zu früh aufgegeben. Vielleicht ist es auch das.

Mal sehen was geht

Vielen Menschen mit Hörschädigungen geht es bedeutend schlechter als mir. Das war in den letzten Monaten meine Wahrnehmung aus verschiedenen Facebook Gruppen zum Thema „Schwerhörigkeit". Negative Botschaften werden öfter nieder geschrieben und verbreiten sich schneller als gute Nachrichten. Das ist nicht nur in sozialen Netzwerken so.

Immer öfter fielen mir Beiträge auf, die bei mir den Eindruck erweckten, „da schreiben Menschen aus einer tiefen Verzweiflung oder Resignation heraus über sich bzw. ihre Hör- oder sonstige Situation". Immer wenn ich das las, beschäftigte mich das eine Weile lang. Manchmal dachte ich darüber nach, ob oder wie ich, zumindest mit einer Antwort auf diese „Facebook Posts" reagieren könnte. Doch während ich darüber nachdachte, trafen auf Facebook reihenweise gute Ratschläge von anderen Leuten ein – von solchen, die schneller dachten und schrieben als ich.

In der vergangenen Woche konnte ich zum wiederholten Mal bei Stern TV die einundvierzigjährige Sabine Niese als Gast erleben. Obwohl sie seit über sieben Jahren an der unheilbaren Krankheit ALS leidet und seit geraumer Zeit nur noch im Rollstuhl lebt, versprüht Sabine Niese eine Lebensfreude wie kaum ein gesunder Mensch.

Allein die von ihr aufgestellte „Löffelliste" eine Liste all der Dinge, die sie noch erleben möchte, bevor sie „den Löffel abgibt", finde ich bewundernswert.

Auffallend ist an Sabine Niese, wie sie vor allem positiv nach vorne schaut. „Was geht noch?" scheint ihr wichtiger zu sein, als „Was kann ich alles nicht mehr?"

Dahinter steckt mehr als die oft zitierte Banalität vom halb-vollen oder halbleeren Glas oder um die simple Entschei-dung zwischen Optimismus oder Pessimismus. Es geht um eine grundsätzliche Lebenseinstellung.

Wir Menschen machen uns Vorstellungen zu uns selbst, zu Situationen und Ereignissen. Das geschieht blitzschnell in Bildern und Emotionen. Bevor wir mit unserem Verstand einen Eindruck prüfen können, haben wir bereits passende Bilder zum Vergleich abgerufen und reagieren emotional. „Sich ein Bild machen" ist eine dazu passende Redewen-dung. Bilder erzeugen Vorstellungen im Kopf und umge-kehrt. Welche Bilder und Vorstellungen wir entwickeln, hängt vermutlich von unserer Lebenserfahrung und unse-ren Prägungen ab.

Es gibt eine grundsätzliche Erkenntnis: „Vorstellungen sind stärker als der Wille".

Das bedeutet: Wir folgen in unserem Handeln unseren Bildern und Emotionen, nicht unserem Willen.

„Hast du schon mal einen Parkplatz gesucht? Welches Bild entsteht jetzt bei dir?

Stelle dir deine Stadt, dein Parkhaus oder deine konkrete Situation vor".

Da gibt es einen, wir nennen ihn Horst: „Oh", denkt Horst, „in Horst-Stadt finde ich nie einen Parkplatz. Ich suche lie-ber gleich außerhalb der Innenstadt." Da kurvt Horst dann so lange herum, bis er irgendwo in einer weit entfernten Nebenstraße einen Platz findet. Horst fühlt sich in seinem Handeln bestätigt – erst recht dann, wenn er zu Fuß end-lich im Zentrum ankommt und die Verkehrssituation sieht. „Ist doch gut, außerhalb geparkt zu haben", denkt er zu-frieden.

Heidi behauptet dagegen: „ich fahre immer bis zu genau der Stelle, an die ich will, direkt in die Innenstadt von Heidi-City. Immer wenn ich komme, fährt gerade dort jemand weg." Zu einem gewissen Prozentsatz all Ihrer Fahrten bewahrheitet sich diese Denkweise auch. Somit wird Heidi in ihrer Vorgehensweise auch bestätigt. Die „paar Mal" in denen das nicht klappt, kann Heidi locker verdrängen.

Horst versucht es erst gar nicht in die Innenstadt zu fahren. Er wird auch niemals einen Parkplatz in der Innenstadt finden, solange er es nicht versucht. Und sollte er es jemals doch versuchen, wird er keinen Parkplatz finden. Seine Überzeugung ist, keinen Platz zu finden, also wird er sich unbewusst bei der Suche genau so verhalten, dass er in seiner Überzeugung bestätigt bleibt. „Siehst du, ich habe es doch gewusst!"

Heidi bleibt in ihrer Handlungsweise immer für die Situation offen. „Mal sehen, was geht." Sie wird Überraschungen erleben, aber eben auch viele positive Überraschungen.

Der Parkplatz steht hier logischerweise nur als Sinnbild für alle möglichen Handlungsweisen.
Sabine Niese wünsche ich, noch viel von Ihrer Löffelliste zu erleben und noch ein bisschen mehr. Euch allen wünsche ich ein gute Zeit und immer einen Parkplatz!

Austrainiert

„Ich weiß nicht, was ich mit Ihnen jetzt noch üben soll",
meinte meine Hörtrainerin zu mir. Nach drei Monaten Hörtraining schien ich „austrainiert" zu sein. Es war also mein
letztes Hörtraining. Jetzt war es Ende Oktober und der
Herbst war unübersehbar. Innerlich eingestellt hatte ich
mich ursprünglich auf eine Lern- und Trainingsphase von
etwa einem halben Jahr.
Dieses letzte viertel Jahr war für mich eine sehr intensive
Zeit. Etwa zwei Mal pro Woche war ich nach Homburg ins
CIC zum Hörtraining gefahren. Hin und wieder wurde auch
eine Anpassung oder ein Hörtest vorgenommen.
Mit Enthusiasmus war ich gestartet und begeistert war ich
immer noch. Das neue Hören auf der linken Seite war
schon zu Beginn die Bestätigung dafür, die richtige Entscheidung getroffen zu haben. Aus der Wahrnehmung von
unklaren Geräuschen wurde inzwischen ein gutes Sprachverstehen. Die Kurve des Hörtests war jetzt eine fast waa-
gerechte Linie auf hohem Niveau
Inzwischen kam auch der Klang, das Volumen von Sprache,
mehr und mehr auf über mein Cochlea Implantat an. Technisch betrachtet bin ich optimal versorgt.

Frustration gab es auch. Manchmal hatte ich den Eindruck,
„ich höre gar nichts mehr richtig". Rückblickend war es nur
meine Ungeduld. Ich erwartete von mir selbst manchmal
mehr, als möglich war. Erlebt hatte ich, dass andere Betroffene, Menschen mit einer nur einseitigen CI Versorgung
und einem weiterhin tauben Ohr, schneller lernten als ich.
„Das ist ganz logisch" ließ ich mich belehren, „da diese
Leute ausschließlich auf das Cochlea Implantat angewiesen
sind. Sie dagegen befinden sich in einer komfortablen Situ-

ation. Sie haben doch noch Ihr rechtes Ohr, mit dem Sie über ein Hörgerät noch einigermaßen hören können".

Mein letztes Hörtraining hatte dann auch so einen Hauch von Abschiedsstimmung. Seltsam, wie schnell die Gewöhnung erfolgt war. Menschen gewöhnen sich schnell aneinander.

Ich bin ein Kaffeetrinker, reagiere aber auf Kaffee mit körperlichen Reaktionen. Wenn ich zum Kaffee jedoch ein Glas Wasser trinke, werden diese Reaktionen weitgehend verhindert. Immer wenn ich zum Hörtraining oder zur Anpassung kam standen für mich ein Glas Wasser und eine Tasse Kaffee bereit. Ich habe das als guten Service aber auch als persönliche Wertschätzung empfunden.

„Jetzt musst du wohl allein mit mir vorlieb nehmen", meinte meine Frau. „Ja schon, doch als wichtigster Trainer bleibst du mir auf jeden Fall erhalten", gab ich zur Antwort. Außerdem befinde ich mich ab jetzt im wirklich wahren Leben.

Mehrfach habe ich schon erwähnt, dass wir gerne wandern, allein und auch mit Freunden – und das fast bei jedem Wetter.

Mein Cochlea Implantat hat sich inzwischen bereits mehrfach bewährt, so auch bei einer gemeinsamen Wanderung vor einigen Wochen. Ich konnte dabei vielen Gesprächen folgen und auch wieder „meinen Senf" dazu beitragen.

Nun gilt es jedoch, mich für das Weihnachtswanderwochenende zu rüsten. Rechnen muss ich mit Schnee, Schneeregen oder einfach nur mit Regen.

Seit einigen Wochen besitze ich das sogenannte Aqua Case von vom CI Hersteller AB mit wasserdichter Magnetspule am Kopf und längerem Verbindungskabel passend zu meinem Soundprozessor. Der Soundprozessor wird in diese wasserdichte Box gepackt. Diese kann ich an der Kleidung, irgendwo, wo es gerade passt, anklemmen.

Bei einer kleinen Wanderung vorab wollte ich dieses Aqua Case einmal auszuprobieren. Das Wetter war kalt und trocken, also nicht wirklich ein Grund für diese wasserdichte Methode. Aber ich wollte einfach einmal vor dem Ernstfall die Tragemöglichkeit und die Handhabung testen. Außerdem interessierte es mich, wie gut ich mit dieser Variante über mein Cochlea Implantat hören kann.

Lästig war das Verkabeln. Wie verlege ich das Kabel so, dass ich meinen Kopf in alle Richtungen bewegen kann und ohne das mir bei jeder Bewegung die Magnetspule vom Kopf rutscht; aber auch so, dass mir nicht dauernd das Kabel am Kopf rumbaumelt? Ohne Hilfe schaffte ich das nicht. Diese Erkenntnis rechtfertigte bereits diesen Probelauf.

War das Kabel erst mal gut verlegt, stellte das Anlegen keine Herausforderung mehr dar. Der Soundprozessor wird auf das Programm „Aqua Case" umgestellt und verschwindet dann in der wasserdichten Box.

Das Thermometer zeigte annähernd null Grad Außentemperatur, weshalb ich ein Stirnband benutzte – für warme Ohren und zum Halt des Kabels.

Bei dieser Einstellung arbeitet vorrangig das Mikrophon an der Magnetspule direkt am Kopf. Draußen wehte ein leichter Wind. Ich hörte das Windgeräusch, vergleichbar mit Fahrtwind beim Radfahren. Das störte mich aber nicht. Schließlich gehört Wind zur Natur und zum Aufenthalt im Freien. Im windgeschützten Waldbereich verschwand dieses Geräusch.

Mit dieser wasserdichten Variante konnte ich gut Gespräche führen bzw. verfolgen. Es funktionierte ganz gut. Jetzt fehlt nur noch der Einsatz im Regen und unter sonstigen feuchten Bedingungen. Da bin ich zuversichtlich, schließlich ist das Aqua Case ja auch zum schwimmen gedacht.

Es war inzwischen Dezember geworden. Unser Weichnachts-Wanderwochenende mit unserem Freundeskreis stand an. Bevor ich aber über meine Hörerlebnisse dabei berichte, hole ich etwas weiter aus.

Wer schon einmal eine gotische Kathedrale besucht hat wird sofort verstehen, was ich meine. Und wer schon einmal in einem solchen Dom einen Reiseführer oder einen Priester sprechen hörte, versteht erst recht, worauf ich hinaus will. Es hallt ungemein und Sprache ist sehr schlecht zu verstehen.

Es gab mal eine Zeit, in der ich mich mit gotischen Bauten – meist Sakralbauten – beschäftigt hatte. Durch die enorme Höhe der gotischen Kirchen und die relativ großen Fensterflächen sind in diesen Gebäuden Hall und Echo stärker als in Kirchenbauten anderer Epochen. Das war zu jener Zeit durchaus ein gewollter Effekt.

Mitte Dezember 2015 erhielt ich für mein Naida CI eine neue Anpassung. Dieses Mal wollte ich einen besonders großen Schritt (Fortschritt) tun, um meine Hör- und Versteh-Fähigkeit weiter zu entwickeln. „Übermut tut selten gut" lautet ein deutsches Sprichwort.

Ein Tag der mit Hektik beginnt, lässt sich nicht plötzlich zur Anpassungssituation umschalten, eine Situation, die ein gewisses Maß an Entspannung und Gelassenheit erfordert.

Zu Hause fuhr ich schon zu spät los und unterwegs gab es dann alle Hindernisse, die ich sonst gelassen hinnehme. Gerade noch rechtzeitig kam ich zum Hörtest in die HNO Klinik. Dieser Hörtest fiel nach meinem persönlichen Urteil schlecht aus. Frequenzbereiche, in denen ich mit meiner CI Seite in den letzten Monaten gute Werte erzielt hatte, waren jetzt plötzlich schlechter. Während des Hörtests protestierte auch mein Tinnitus besonders heftig. „Hab ich jetzt auch schon links, auf meiner Cochlea Implantat Seite einen Tinnitus?"

Etwas frustriert eilte ich ins andere Gebäude zur Anpassung. Dort ließ ich „die Schleusen weiter öffnen", also lauter stellen und die tiefen Frequenzen nachstellen. Ermahnungen des Fachpersonals ließ ich nicht gelten.

Ich schätze die große Erfahrung und Qualifikation der Personen sehr, welche die Anpassungen bisher vorgenommen haben. Mehrfach antwortete ich auf die Frage, „ist das wirklich gut so" mit „ja" oder „ist diese Einstellung besser" mit „Hm?" Letztlich wurde nach meinem momentanen Empfinden eingestellt – wonach auch sonst, könnte jemand fragen. Leider war aber meine momentane Situation mit den Spätfolgen der Hektik beschäftigt. „Ich mache alles, wie Sie es wünschen" hörte ich noch. „Ja, ja, ok" war meine Antwort dazu.

Drei Tage später startete das mit unserem Freundeskreis geplante jährliche Wanderwochenende. In diesem Jahr waren wir mit der Planung an der Reihe. Mir war es wichtig, dass noch vor diesem Wochenende die Anpassung meines CI vorgenommen worden war.

Doch genau in diesen Tagen stellte ich fest, „ich höre viel und verstehe wenig". Ganz besonders in der Restaurant Situation, dann wenn viele Menschen sprechen. Da half auch der von mir bisher hoch gelobte „Ultra Zoom" nichts mehr – im Gegenteil er erschwerte noch das Verstehen. Es war der Hall, der alles überlagerte und ein Verstehen gewaltig verschlechterte.

Wenn ich nichts mehr verstehe, habe ich Zeit für anderes – so fiel mir spontan das Ulmer Münster ein, ein großartiger Gotik Bau, den ich während meiner Ulmer Zeit öfter von innen erlebt hatte. Das Ulmer Münster hat übrigens mit 161 Metern den höchsten Kirchturm der Welt. Jeden, der mich in Ulm besucht hatte, führte ich in diesen Dom. Ich weiß also wie eine Stimme in diesem Gebäude klingt. Da entstand in meinem Kopf der Begriff „Gothic Sound". So klingen für mich jetzt plötzlich alle, die ich sprechen höre – im Restaurant und etwas abgeschwächt auch während unserer Wanderungen.

„Du hörst ja jetzt noch schlechter, als früher" so oder so ähnlich lauteten dann auch die Bemerkungen. Obwohl für mich inzwischen die Ursache klar war, ärgerte ich mich über diese Kommentare, aber vorrangig auch über mich selbst. Mein Übereifer bei der Anpassung war für diese Situation verantwortlich. Zum Glück war eine Korrektur leicht möglich, jedoch erst nach Weihnachten.

Ein klein wenig haftet den romantischen Vorstellungen von Weihnachten ja auch ein Hauch von Gotik an.

In allen Bereichen schreitet die Technik weiter voran. Das ist meist auch gut so. Ob Auto, Waschmaschinen, Kühlschränke oder Smartphone immer wieder überraschen uns die Hersteller mit neuen Modellen und neuen Features.

Zur Vorstellung von Neuigkeiten des CI Herstellers Advanced Bionics hat die Uniklinik in Homburg ihre Patienten eingeladen, die dort mit Cochlea Implantaten dieses Fabrikates versorgt wurden. „Ist mein Gerät bereits nach einem halben Jahr schon wieder veraltet?" frage ich mich. „Ist es fast so wie beim Smartphone, kaum installiert, schon wieder veraltet?" Doch bei näherem Hinhören und Hinsehen stellte sich schnell raus, dass doch sehr behutsam mit der Weiterentwicklung vorgegangen wurde. Das neue Naida Q 90 ist eine Weiterentwicklung zum Q 70, das ich vor einem halben Jahr erhalten hatte.

Wesentliche Entwicklungen betreffen die Software – und das ist die gute Nachricht – einige Möglichkeiten dieser Software können auch für meine Ausstattung genutzt werden. So erhielt ich doch ein paar für mich wichtige Informationen.

Meinen ComPilot kann ich vielseitiger verwenden, als ich es bisher getan habe. Bisher benutzte ich dieses Hilfsmittel lediglich beim Fernsehen. Es überträgt mit der Schleife um den Hals den Ton sowohl auf mein Phonak Hörgerät als auch auf mein Cochlea Implantat.

Vor Ort stellte mir der Vortragende die Bluetooth Verbindung mit meinem Smartphone her. Das fand ich ganz prima. Somit können jetzt Telefonate direkt auf die Geräte an beiden Ohren übertragen werden.

Träger von Cochlea Implantaten wissen das. Es gibt immer zwei Teile, die ein ganzes ausmachen - das Implantat selbst und den Sprach- oder Soundprozessor mit der Energieversorgung. Nur mit beiden Teilen des Ganzen gelingt Hören.

Da kann dann schnell die Frage aufkommen, wie ist das mit der technischen Weiterentwicklung? Muss ich jedes Mal eine weitere Kopf Operation über mich ergehen lassen, wenn sich die Technik weiterentwickelt? So ist es zum Glück nicht. Die Hersteller haben die Implantate bereits so entwickelt, dass auch nachfolgende Generationen von Sound Prozessoren mit den eingesetzten Implantaten arbeiten können.

Ausschließen kann heute sicher niemand, dass es irgendwann technische Entwicklungen geben wird, die auch ein neues Implantat erfordern, aber das dauert wohl noch eine Weile.

Ich höre in die Welt hinein und wünsche mir, analog zur technischen, auch eine menschliche Entwicklung. Die zunehmenden nationalen und nationalistischen Strömungen in unserer Welt erschrecken und beschäftigen mich sehr. Ich habe einen Blog begonnen, der sich mit unserer Welt befasst. Villamondial.com – Die Welt unter einem Dach.

Totenstille. Am 24. Januar 2016 sendete die ARD den Tatort aus Saarbrücken. „Totenstille" Hierbei spielte Gehörlosigkeit eine so wichtige Rolle, dass sich der Kommissar selbst mit Gehörlosen Sprache beschäftigt hat.

Ich bin sonst kein Krimi Fan. Aber in diesem Fall habe ich mir diesen Tatort doch angesehen. Wie wird im Film Gehörlosigkeit und Schwerhörigkeit dargestellt? Da wollte ich mehr erfahren.

Beurteilungen des Krimis selbst will ich hier nicht abgeben. Davon verstehe ich viel zu wenig und habe kaum Vergleiche. Am Folgetag konnte ich allerdings lesen, dass die Einschaltquote recht hoch war.

Fachleute gehen davon aus, dass etwa zwanzig Prozent der Bevölkerung Hörprobleme hat. Das spricht für eine gute Einschaltquote.

Während des Films und danach haben mich dann einige Fragen beschäftigt.

Gibt es wirklich eine Gehörlosenszene in Saarbrücken?

Gibt es da wirklich Betroffene, die zwar implantiert sind und ein CI besitzen, es aber nicht tragen wollen – aus Gründen einer Überzeugung, nicht zu den Hörenden gehören zu wollen? Ist das bereits eine Ideologie? Darüber mag ich nicht urteilen. Zu wenig weiß ich davon.

Außerdem fiel mir auf, wie unvorteilhaft das Cochlea Implantat im Film beschrieben wurde. „Man hört zwar Geräusche aber versteht kaum Sprache".

Da habe ich „aufgehorcht" mit meinem CI.

Seit einem dreiviertel Jahr lebe ich nun schon mit meinem Cochlea Implantat. Seit einigen Monaten höre ich damit ganz akzeptabel. Mein Hören empfinde ich nach wie vor, im Vergleich zu einem normal funktionierenden Ohr, eher metallisch und technisch, aber ich höre und verstehe damit. Es ist schließlich eine technische Lösung – eine andere Lösung kenne ich nicht.

Jüngste Erlebnisse bestätigen, was ich bereits an anderen Stellen beschrieben habe. Schwerhörig bleibt schwerhörig – zumindest für meine Umwelt. Viele Menschen haben sich früher Mühe gegeben, mit mir deutlich zu sprechen. Das ist jetzt nicht mehr so, seit ich ein Cochlea Implantat trage. Normalerweise fragen Menschen noch mal nach, wenn sie etwas nicht verstanden haben. Ich achte inzwischen sehr genau darauf und zähle manchmal mit, wie oft gut Hörende nachfragen, was schlecht Sprechende gesagt haben. „Ich hab` dich nicht verstanden". Dann erhalten die

Fragenden eine Antwort und wenn sie Glück haben, diese auch etwas deutlicher gesprochen.

Doch ganz anders bei mir. Wenn ich nachfrage, weil ich etwas nicht verstanden habe, erhalte ich Reaktionen wie z.B. „hast du dein Gerät nicht an?" oder „du hörst ja immer noch nicht besser". Der deutlich sichtbare Sound Prozessor für mein Cochlea Implantat am Ohr liefert den unumstößlichen Beleg für meine Schwerhörigkeit. Da kann einer noch so nuscheln und unter sich sprechen, es liegt an mir, am bekanntermaßen Schwerhörigen, dass ich diesen Sprechignoranten nicht verstehe.

Meist belustigt mich das. Ja, ich kann tatsächlich darüber lachen. Beim Lachen geht es mir selbst einfach besser. Manchmal deprimiert es mich aber auch – nicht sehr lange aber eben doch.

Ich weiß, es geht fast allen Menschen mit Hörproblemen so. Diese Situation wurde auch schon oft genug beschrieben, aber eben noch nicht von mir. Und mir tut es gut, wenn ich das auch mal niederschreibe.

Es gibt das Sprichwort, „einmal Dieb, immer Dieb" oder „einmal Lügner, immer Lügner." Das scheint mir genauso falsch zu sein wie, „einmal schwerhörig, immer schwerhörig."

Doch du hast es längst bemerkt, lieber Leser, grundsätzlich schaue ich lieber nach vorne. Was zurück liegt ist nicht veränderbar. Nüchtern betrachtet, höre ich viele Geräusche wieder, die ich so nicht mehr kannte. Das ist wunderbar – manchmal auch wieder gewöhnungsbedürftig. Sprache verstehe ich nach meinem Ermessen sehr gut. Allerdings bleiben da immer Einschränkungen. Das technische Gerät kann nicht so viel, wie ein natürliches Gehör. Zuvor war ich links taub. Daran gemessen beträgt die Verbesserung durch das Cochlea Implantat für mich hundert Prozent.

Bei einem Konzertbesuch kürzlich, glaubte ich, einzelne Stimmen des Chors herauszuhören und auch einzelne Instrumente. Wenn ich das dann meinen Mitmenschen erzähle, ernte ich aber nur ungläubige Gesichtsausdrücke und vielleicht auch ein gedachtes „jetzt spinnt er aber wirklich".

Zurück zu den Wurzeln

Ja ich habe es gewagt. Nach mehr als zehn Jahren habe ich wieder einen Workshop konzipiert und geleitet. Mein Auftraggeber war über meine gesamte Hör-Situation informiert. Mein Cochlea Implantat trage ich sowieso offensiv. Warum sollte ich es auch verstecken? Es darf jeder wissen und jeder fragen.
Ebenfalls hatte ich den Teilnehmern des Workshops zu Beginn meine Situation geschildert und sie gebeten, deutlich zu sprechen. Das gelang auch den meisten. Einen gewissen Anteil an Leise- und Schlechtsprechern werde auch ich nicht umerziehen können.

Nach so langer Zeit war es sehr aufregend für mich, wieder meine frühere Tätigkeit auszuüben. Zu Beginn war ich sehr angespannt und so war es dann für mich auch etwas ungewohnt, wieder in diese Rolle zu schlüpfen und sie auch gut auszufüllen. Es gelang! Am ersten Tag lief es ganz ordentlich und am zweiten Tag war ich schon recht zufrieden. In kleinen Gruppen bis zu etwa zwölf Personen kann ich wieder ganz gut arbeiten. Ohne mein CI wäre das unmöglich gewesen.

Vielleicht werde ich nicht mehr viele Veranstaltungen durchführen, aber allein das Bewusstsein, es wieder zu können, gibt mir Zuversicht.

Ich blicke zurück auf ein Jahr mit Cochlea Implantat. Es war ein spannendes Jahr, ein Jahr mit neuer Gehörentwicklung, ein Jahr mit wieder neu erwachendem Selbstbewusstsein. Ich bin zufrieden.

Vor dreizehn Monaten wurde ich implantiert, vor einem Jahr konnte ich die ersten Töne über das CI hören. Seit dem hat sich mein Hörnerv wieder entfaltet und mein Gehirn umgestellt. Auf zu neuen Taten.

Cochlea Implantat

Der Text wurde weitgehend einem Faltblatt des „Hörzentrums Homburg am Universitätsklinikum des Saarlandes" entnommen.

Ein Cochlea Implantat (CI) ist eine Innenohrprothese für hochgradig schwerhörige oder ertaubte Menschen.

Wenn normale Hörgeräte kein ausreichendes Hören ermöglichen, ist mit einem CI in vielen Fällen nach entsprechendem Training eine deutliche Verbesserung des Hörvermögens möglich. Ein CI wird im Rahmen einer Operation in die Hörschnecke (Innenohr) eingesetzt und stimuliert elektrisch den Hörnerv. Grundvoraussetzung ist ein intakter Hörnerv.

Hinter dem Ohr wird der sogenannte Sprachprozessor getragen, der den Schall über eine kleine Sendespule auf das Implantat überträgt und wie ein Hörgerät jederzeit abgelegt werden kann.

Diese Operation ist bei Kindern bereits im ersten Lebensjahr durchführbar. Dadurch wird ihnen der Weg zur Vielfalt des Hörens und der Sprache geebnet.

Patienten erhalten eine individuelle Betreuung vor und nach der Implantation.

Vor der Implantation

Die operierende Klinik berät umfassend darüber, wie ein Cochlea Implantat arbeitet, für wen es geeignet ist, was vom Hören mit CI erwartet werden kann und was in der Rehabilitationszeit geschieht. Sie vermittelt auch gerne Kontakte zu anderen betroffenen Familien und CI-Trägern, wenn Sie an einem Erfahrungsaustausch interessiert sind.

Nach der Implantation

Etwa vier Wochen nach der Operation beginnt das Hören mit der ersten Einstellung des Sprachprozessors. Ein Kind hört vielleicht zum ersten Mal, es lernt das Hören mit dem CI. Menschen, die ihr Gehör im Laufe ihres Lebens verloren haben, hören zum ersten Mal wieder mit dem CI. Es besteht die Möglichkeit, die Rehabilitation ambulant oder teilstationär durchzuführen.

In Deutschland werden die Behandlungskosten von den Krankenkassen vollständig übernommen.

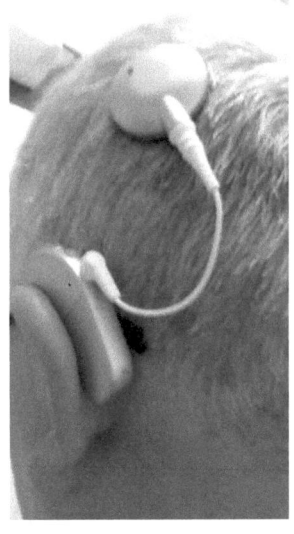

Danke

Meine Mitmenschen hatten es nicht immer leicht mit mir. Es ist lästig, mit einem Schwerhörigen zusammen zu leben, es nervt. Und alles was lästig ist und nervt, versuchen wir Menschen gerne zu vermeiden. Ich danke meiner Familie, dass sie mich mit meinen häufigen Nachfragen, mit meinen Bitten langsamer und deutlicher zu sprechen, mit meinen Wünschen nach Wiederholungen des Gesagten und mit meinen oft hilfesuchenden Blicken, wenn ich mal wieder nichts verstanden habe, so viele Jahre ertragen hat. Es war für Euch bestimmt nicht leicht.

Der Begriff „Hörnichtgut" ist ein Begriff analog zu „Tunicht-gut". Meine Tochter kam auf diese Idee. Sie gefiel mir und deshalb heißt dieses Buch „Der Hörnichtgut". Vielen Dank dafür.

Mein Dank geht auch an das gesamte HNO Klinik Team und das Team des Cochlea Implantat Centrums der Universitätsklinik Homburg im Saarland. Ich fühlte mich hervorragend betreut.

Als Mensch mit Hörbeeinträchtigung lebt es sich nicht immer leicht. Schon gar nicht, wenn man darauf angewiesen ist, einen Beruf auszuüben, um sein Einkommen zu erzielen.

Vielleicht, liebe Leserin und lieber Leser, hast Du eigene Erfahrungen mit Deiner Hörsituation. Dann schreibe mir doch einfach. Ich freue mich darüber.